光文社文庫

長編推理小説

三毛猫ホームズの裁きの日

赤川次郎

光　文　社

『三毛猫ホームズの裁きの日』目次

プロローグ

「ここも行列か！」

と、嘆くような声で言ったのは、片山義太郎《かたやまよしたろう》だった。

「いいじゃないの。そんなにかからないわよ」

なだめているのは、妹の晴美《はるみ》である。

「食堂も行列ですかね、この調子だと」

と、心配しているのは、二人について来た石津《いしづ》である。

「さっき、昼飯食べただろ」

と、片山が言うと、

「でも、夕飯はまだです」

午後、やっと二時になったところなのだから当然だ。

「大丈夫よ、石津さん。夜はお兄さんがすき焼をごちそうしてくれるって」

晴美の言葉に石津の目が輝いた。

「そんなこと……。申し訳ないですよ……」

と言いながら、早くも石津の胃袋はすき焼モードに入っているようだった。

「ニャー……」

晴美の足下で声がして、三毛猫のホームズが見上げている。

ところで——今、四人が並んでいるのは、スーパーのレジでも特売場でもない。

休日の暖かい午後、車でやって来た観光地。岬の突端だった。

真青な海原を背景に、海へ突き出したポイントで、みんな記念写真を撮っているのだった。

その先端には、四、五人しか立てない。そのせいで、写真を撮ろうとする人々が、順番を待って並んでいるのである。

「本当にきれいねえ」

と、後ろで声がして、晴美が振り向くと、四人家族が順番を待っていた。

こんな観光地なのに、父親は背広にネクタイ。細身だが、よく日焼けして、力仕事をしている人かと思わせた。たぶん五十歳かその前後。

母親は少し若い感じだが、あまり顔色が良くない。どこか具合悪いのかしら、と晴美は思った。

そして、背は母親より高い女の子。中学生か、高校生かもしれない。色白だが、病気という印象ではなく、ただ、ほとんど無表情で、ぼんやりと足下を見ていた。

その少女と手をつないでいる男の子は、まだせいぜい小学一、二年生というところだろう。半ズボンで、蝶ネクタイなどしている、可愛い顔立ちの子だ。

父親は少しまぶしげに青空へ目をやっていた。

格別珍しいわけでもない四人家族だが、晴美は何となく気になった。何が気になるのかも、よく分らなかったが。

「やれやれ、あと二組だ」

と、片山が言った。

すると石津が、ちょっと落ちつかない様子で、

「あの――晴美さん、すみません。ちょっと……」

と、小声で言った。

「え？　何なの？」

「あの……すぐ戻りますので、ちょっとトイレに……」

「いいわよ。行ってらっしゃい」

と、晴美は笑って言った。

石津が猛然と駆け出して行った。

「――どうしたんだ、あいつ？」

「トイレだって。お昼にウーロン茶、飲み過ぎたのかも」

「何だ」

と、片山は言ったが……。「――おい」

「何?」

「俺も行って来る!」

片山が駆けて行くのを、晴美は呆《あき》れて見送った。

「何やってんだか。ねえ、ホームズ」

「ニャー」

後ろにいた男の子が、

「猫、可愛い!」

と、嬉しそうに言った。

すると少女が、

「猫、飼いたかったな……」

と、ポツリと言ったのである。

飼いたかった。――過去形で言われたその言葉が、妙に晴美の耳に残った。

「――すみません!」

石津が戻って来る。「片山さんが今……」

ちょうど前の女子大生らしいグループが写真を撮り終えた。晴美は後ろの家族に、

「どうぞお先に。一人、トイレに行ってるので」

と、声をかけた。

一瞬、時間が止ったように見えた。――その一家四人がピタリと動きを止めたからだ。

晴美は当惑したが、すぐに、

「ありがとうございます」

と、父親が礼を言った。「ではお言葉に甘えて」

そして、ポケットから少し古いデジカメを取り出すと、

「恐れ入ります。シャッターを押していただけますか」

と言った。

「ええ、もちろん」

晴美は受け取って、「じゃ、二度、シャッターを切りますね」

「お願いします」

と、母親が言って、「さあ、行きましょう」

と、子供たちを促す。

家族は、岬の突端に並んで立った。

もちろん、落ちたら大変なので、腰の高さくらいの柵がある。四人がそこに立つと、

「じゃ、撮ります!」

と、晴美はカメラを構えた。

シャッターを押す。――父親が笑顔になっていた。どこかホッとしたような表情。

「じゃ、もう一度」

と、晴美は言って、傍《そば》の石津の方へ小声で、「石津さん。すぐ飛び出せるようにしておいて」

「ニャー」

と、ホームズが鳴いた。

晴美がカメラを構えると――四人が、向うを向いた。そして、柵を乗り越えて行ったのだ。女の子は幼い弟を持ち上げて、柵を越えさせた。

「何してるんだ?」

と、石津が言った。

数メートル先で、岬は終る。その先は崖だ。波が岩をかむ海面まで数十メートル。

ホームズが飛び出す。石津があわてて後を追った。

晴美もカメラを投げ捨てて、走り出した。

「やめて!」

晴美が叫んだとき、母親が男の子を抱きかかえて、崖の向うへ姿を消した。

そして父親も一瞬の後に飛び下りた。

「待て！」

石津が、女の子の体を後ろから抱き止めた。

「いやだ！　放してよ！」

と、少女は叫んだ。「放して！　死ぬのよ、みんなで！」

石津が、暴れる少女を抱き上げて、柵の手前へ運んで来る。

「みんなで……みんなで死ななきゃ……」

少女は泣き出して、地面に突っ伏した。

「だめよ！」

晴美は少女に言った。「死んじゃいけない！」

「死ぬんだ……。みんなで……。みんなで……」

少女が呻《うめ》くように言って泣いた。

「石津さん、向うの売店の人に言って、連絡を」

と、息を弾ませて晴美は言った。

「分りました！」

石津が駆け出して行く。

後に並んでいた観光客たちが、唖然《あぜん》として眺めている。

「——どうしたんだ？」

片山が戻って来ていた。

「崖の先から——飛び下りたの。この子の家族」

ホームズが、泣いている少女のそばへ寄ると、短く鳴いた。

少女が顔を上げた。

ホームズは、どこかにぶつけたらしい少女の手のすりむいた傷をペロリとなめた。

1　孤独

「もう暗くなって来るんでね」

と、その警官が言った。「捜索は一旦打ち切るよ。明日、また……」

聞いているのかどうか分らない様子だった少女は、それでも小さく肯《うなず》いた。

「どうもね……。あの辺はボートもなかなか近付けなくて」

ひとり言のように言って、警官は片山たちの方へ、「では……」

と会釈して出て行った。

——岬の手前にある売店の二階。

食堂になっているが、暗くなれば客もいない。奥のテーブルに、片山たちは座らせてもらっていた。

すぐに地元の警察に連絡したものの、岬の崖下には海の方から近付くしかなく、ボートを手配しても何時間もかかった。

両親と小さな男の子、一人も発見できなかった。

むろん、生きてはいないだろう。明日になったら、潮に流されてしまうかもしれなかった。

しかし、どうすることもできない。

少女が椅子《いす》をガタつかせて立ち上ると、

「トイレ、借ります」

「ええ、そこの奥よ」

食堂を仕切っているおばさんが指さした。

「——やれやれ」

片山が息をつく。「とんでもないことに出くわしたな」

「でも、死なせるわけにいかなかった」

「もちろんだ。——しかし、どうしてまた……」

「ねえ、ご両親、まだ四十代だったでしょ、たぶん。二人も子供がいて、どうして
……」

仮面のように無表情な少女に、名前も訊《き》けないままだった。

「ともかく……」

と、片山が言った。「あの子が戻って来たら、名前を訊いて、親戚の誰かに連絡しよう。当面、あの子を引き取ってくれる人を捜さないと」

「そうね。私が話してみるわ」

と、晴美が言って、「石津さん、お腹空《なか》いたでしょ? ごめんね」

「いえ、そんな……。それどころでは……」

と言いながら、空腹を訴える思いは顔に出ていた。

「カレーなら、すぐ食べられますよ」

と、食堂のおばさんが言ってくれて、とりあえず人数分を用意してもらうことにした。

ご飯は少し冷えていたが、石津はアッという間に平らげてしまった。

「——あの子、遅いわね」

と、晴美が言って、「まさか……」

片山が焦《あせ》って、

「トイレの方に外への出口はありますか?」

と訊いた。

「いいえ。ありませんよ」

という答えにホッとしたものの、晴美は、

「見て来るわ」

と立ち上った。

女子トイレに行った晴美は、すぐに戻って来ると、

「窓が大きく開いてる」

と言った。「外へ出たんだわ」

「まあ、あの窓から?」

と、おばさんが目を丸くした。

「捜そう」

片山たちは駆け出した。

しかし——もう外は暗く、岬の方も、反対側の国道の方も、捜しようがなかった。

諦めて戻って来ると、ホームズが床に座って、

「ニャー」

と鳴いた。

「どうしたの?」

ホームズについて、女子トイレに入った晴美は、

「お兄さん!」

と呼んだ。

「——どうした?」

「さっきは気付かなかったけど……」

洗面台の汚れた鏡に、そこに置かれていた石ケンで文字が書かれていた。

〈私は死にません！　私たち一家を死なせた人たちに仕返しするまでは。浜中美咲《はまなかみさき》〉

力をこめて、一文字一文字、はっきりと書かれていた。

「写真、撮っておきましょう」

と、晴美はケータイを手にした。

「浜中……。何があったんだろう？」

と、片山は呟《つぶや》いた。


誰も彼もが自分のことを見て笑っている。——そんなわけはないのに、そう思えてしまう。

室田雄作《むろたゆうさく》は不機嫌だった。

何だっていうんだ！　俺が何をしたっていうんだ！

午後五時の終業のチャイムまでが、とんでもなく長く感じられた。

「お先に失礼します」

「部長、お先に」

仕度をして帰って行く部下たちを、室田はいつも通りに見送った。

そうだ。どうってことないんだ。

そう自分に言い聞かせたものの、ああしてオフィスを出て行く連中が、一歩外へ出た

とたん、

「見たか？　部長が澄まして座ってるのを」

「よく平気だよな！　会社中、誰でも知ってるんだぜ」

「なあ。俺だったら恥ずかしくて会社に来られねえよ」

「それにしても、あの部長が二十四歳の沼田《ぬまた》君と……。想像できないよ！」

実際には聞こえてもいない「噂話」を頭の中で勝手に再生して怒っている室田だった。

「帰るか……」

わざと口に出して言うと、席を立つ。

残業している数人へ、

「ご苦労さん」

と、声をかけるが、返事はない。

声が小さ過ぎて、聞こえていないのだが、室田としては、

「部長の俺を無視しやがって……」

と、文句を言いたい。

だが、そんな度胸もない。

しかも今日はまずい。何といっても……。

「――どうも」

エレベーターで会ったのは、ほぼ同期のベテラン社員で、

「やあ、もてる男は辛《つら》いね！」

と、ポンと肩を叩《たた》かれた。

「何だよ」

と、室田は苦笑した。

もてる男……。本当にもてていたら、こんな目には遭わないぞ。

一階でエレベーターを降りると、室田はギョッとして足を止めた。

いかにもOLという、空色の制服に身を包んだ女性たちが五、六人でロビーをやって来たのである。

その中に、沼田晴江《はるえ》がいた。——正に「噂の相手」である晴江が。

五十歳の室田から見れば半分の年齢。小柄だが、一見して魅力的な体つき。

「あ、部長」

と、晴江は平然と声をかけて来た。「早いんですね、お帰り」

「まあね」

と、室田は目をそらして、「お疲れさん」

すれ違うと、女の子たちが一斉に笑うのが聞こえた。

俺のことを笑ってるのか？　畜生！

──確かに、沼田晴江と浮気した。そして二人でホテルから出たところを、何と部下の女性にしっかり見られてしまった……。

次の日、その話が社内に広まるのに、一時間もかからなかった。

この日、会社を出る室田雄作が不機嫌なのは、そういうわけだったが、帰宅した室田をもっと不機嫌にさせることが待っていたのである。

「何だってんだ、うるさいな！」

ほとんど八つ当り気味に、室田雄作は言った。

相手に聞こえるはずはなかった。室田が文句を言っているのは、さっきから何度も鳴っているケータイに、だったからである。

──駅から歩いて十五分ほど。

ケータイを取り出して見ると、妻の香代《かよ》から、何度もかかって来ている。

見当はついた。夫が沼田晴江と浮気したことが、もう耳に入っているのだ。

「お節介な奴がいるからな」

と、苦々しく呟く。

自分のことは棚に上げて、他の人間を恨む。こういうタイプの男の典型的な発想である。

このまま帰ったら、香代からガミガミ言われる。といって、駅前のバーで時間を潰《つぶ》したところで、大した違いはない。

「そうだ。――俺の稼ぎで食ってるんだ」

香代も、娘の佳子《よしこ》も。俺がちょっと女の子と遊んだからって、文句なんか言わせるもんじゃない！　そうだとも！

面と向っては言えないと分っているので、室田は心の中で必死に自分を正当化した……。

そろそろ家が見えてくる、という辺りで、またケータイが鳴った。

舌打ちしながら見ると、今度は娘の佳子からだ。ちょっと顔をしかめたものの――。

「――何だ、一体？」

と、やっと電話に出た。

「お父さん！　何してたのよ？」

と、佳子が言った。「さっきからお母さんがかけてたのに」

「ああ、知ってる。忙しくて出られなかったんだ」

と、室田は言った。

「今、どこにいるの？」

「じき家に着く。帰ってからゆっくり――」

と言いかけると、

「だめ！　家へ帰って来ちゃだめよ！」

と、佳子が叫ぶように言った。

「何だ？　どういう意味だ？」

と言ったとき、室田は自宅の見える角を曲っていた。

そして、足を止めた。——何だ、あれは？

家の玄関前に、車が何台も停り、人が大勢固まっている。

どうしたっていうんだ？　——室田が面食らって立ちすくんでいると、その大勢の一人が、

「帰って来たぞ！」

と、室田に気付いて、怒鳴った。

「室田だ！」

一斉にワッと駆けて来たのは、カメラやレコーダーを手にした記者たちだった。

「室田さん！　今の気持は！」

「どう思ったんですか、ニュースを聞いて！」

アッという間に取り囲まれて身動きが取れなくなった室田は、ただ呆然《ぼうぜん》としているばかりだった。

「申し訳ないという気持はありますか！」

と、女性のリポーターからマイクを突きつけられて、室田はやっと、

「待ってくれ！」

と言い返した。「何の話だ！　いきなり失礼だろう！」

今度は周りの取材陣の方が当惑した。

「知らないんですか？」

「本当に？　知らないふりしてるんですか？」

「とぼけないで下さい！」

と、次々に声をかけられる。

「いい加減にしろ！　何の話だ！」

と、周囲をにらむと、

「本当に知らないんですね」

と、女性リポーターが言った。「浜中さんの一家が心中したんですよ」

浜中？——浜中だって？

「誰だ、それは？」

と、室田は言った。

一瞬、冷ややかな空気が流れて、

「忘れたんですか？　〈B食品〉を内部告発した浜中由介《ゆうすけ》さんですよ」

「ああ。——そうか」

思い出した。いや、忘れちゃいない。ただ、いきなり〈浜中〉と言われたって……。

「——心中した？」

と、室田は訊き返した。

「親子で崖から飛び下りて。本当に知らなかったんですか？」

「知らん！　今初めて聞いた。それがどうしたっていうんだ？」

突然のことで、言葉の選び方を誤ったと言うべきだろう。

「それが感想ですか？　浜中さん一家が心中したのに——」

「そんなこと、俺には関係ない！」

と、室田は言って、記者たちをかき分けようとした。「俺は家に帰るんだ！　どけ！」

かき分けようとした手が、マイクを持った女性リポーターの顔を直撃した。

「ひどい！　リポーターを殴りましたね！」

と、他の女性記者が言った。

「違う！　たまたま当っただけだ！」

さすがにやや焦って、「そんな所にでかい顔があるのがいけないんだ」

「でかい」は余計だった。

「何ですって！」

と、リポーターの女性が室田の胸ぐらをつかんだ。「もう一度言ってごらんなさい！」

「何するんだ！」

つかみ合いの喧嘩になった。――もちろん、ＴＶカメラや記者たちのスマホが、その光景をしっかり捉えていた……。


「気の毒にね」

と、晴美が言った。

「そうだった。こんな事件があったっけな」

夕食をとりながら、片山は言って、ＴＶへ目をやった。

「――当時、浜中由介さんは〈Ｂ食品〉で〈大口担当〉の係長でした」

と、女性リポーターはマイクを手に言った。

「そして上司である室田雄作課長の下、大口の店舗やスーパーなどに、加工肉製品、主にハムやソーセージなどを納めていたのです」

ワイドショーは、ていねいに五年前の出来事を、当時の映像を交じえて伝えてくれた。

〈産地偽装事件〉。――片山の記憶では、つい二、三年前かと思えたのだが、もう五年もたっていたのだ。

〈B食品〉は食料品メーカーとしては、誰でも知っている大手企業だ。

しかし、五年前、原料になる牛肉や豚肉が値上りし、経営を圧迫し始めた。商品を値上げすることは、他のメーカーとの競争に負けそうだった〈B食品〉にとって、絶対に避けたかったのだ。

しかし、もともと利益が薄く、大量に売れなければ赤字が出てしまう部門だった。それに対する上の指示は、

「何とかしろ!」

という、至って分りやすい(?)ものだった。

結局、室田は原料に安価な輸入肉を使い、コストを下げることにした。しかし、製品のラベルには〈国産肉使用〉と、変らず表示させたのである。

そのことは、社員のほとんどが知っていた。しかし、誰もが口をつぐんで、そして実際、

「大したことじゃない」

と思っていたのだった……。

ただ一人、係長だった浜中由介を除いては。

浜中は「消費者を騙《だま》している」という思いに、悩んだ。そして胃を悪くして入院。

そのベッドで、浜中は決心し、〈B食品〉が〈産地偽装〉を行っているとマスコミに

告発したのだった。

大手企業で、TV番組のスポンサーでもある〈B食品〉の不正は、ワイドショーで大々的に取り上げられ、摘発された。

〈B食品〉の幹部は記者会見で、深々と頭を下げ、社長は責任を取って辞任した。もっとも、〈取締役〉として残ったので、事実上はどうということもなかったのだが。

浜中は、マスコミに取材され、

「お客様を騙していると思うと、心苦しかったのです」

と語った。

新聞やTVは浜中の「勇気ある告発」を賞賛した。消費者団体から表彰されたりもした。

しかし——そのニュースが人々の記憶に残ったのは、せいぜい半年ほどのことだった。〈B食品〉の同業者にも、同様の〈産地偽装〉が次々に発覚して、結果、〈B食品〉の名が埋れて行った。

そして、誰もがそんな出来事を忘れたころ……。「報復」が始まったのだ。

浜中は社内で誰からも口をきいてもらえなくなった。会議にも出席させてもらえず、それを「無断で会議を欠席した」として減給処分された。

そして、告発から一年後、浜中は〈B食品〉の子会社である〈H輸送〉に移された。

——浜中はホッとした。

〈B食品〉にあれ以上いたら、また胃をやられただろう。

しかし、〈B食品〉は「裏切り者」を許してはいなかった。

浜中を〈H輸送〉の社長にすると、製品の輸送をすべて外部の企業に任せたのだ。

全く仕事が失《な》くなった〈H輸送〉を、浜中は必死で支えた。食品関係の仕事は、どこも〈B食品〉への遠慮から回してもらえないので、全く別の業種を回って、仕事を取って来た。——そして三年余り。

〈H輸送〉は何とか持ちこたえていた。

浜中の家では、妻の咲子《さきこ》がパートの仕事をして、娘の美咲は今年、高校に入学した。

決算の時期を乗り切り、ホッと一息ついていたとき——突然、税務署が〈H輸送〉に、脱税の疑いで捜査に入ったのだ。

浜中の全く知らない間に、帳簿が書きかえられていた。経理担当の課長は、〈B食品〉から送り込まれていたのだ。

その課長は、「社長の指示だった」と供述した。

浜中は逮捕され、否認を続けたので、一か月も留置された。

その間に、〈H輸送〉は倒産していた。

釈放されたとき、浜中には何も残っていなかった。自宅も、銀行からの借金の担保になっていたのだ。

自宅も預金も差し押えられ、浜中は一連の出来事を新聞で訴えようとした。しかし、

「そんな昔の話など、ニュースにならない」

と、断られてしまった。

住む所さえ失って、美咲は学校へ通えなくなった。浜中の妻、咲子は心臓の発作で倒れ、働ける体ではなくなっていた……。

「——勝手なもんだわ」

と、TVを見ながら晴美が言った。「一家心中したからって、急に犠牲者扱いして」

産地偽装の責任者だった室田は、今、部長になっていた。五年前、直接指示した当人としてTVに出ていたのだ。

それで、浜中一家の心中のニュースで、取材が集中することになったのである。

「でも……あの子はどうしたのかしら?」

と、晴美は言った。

一人、生き残った、浜中美咲。——あの洗面所の鏡に、〈仕返しするまでは〉死なない、と書き残した少女は、今も行方が分らなかった。

ああ書いたものの、十六歳の少女に何ができるか。——結局、両親と弟の後を追って、飛び下りたのではないか、とも言われた。

真相は分らなかった。捜索しても、一家の死体は一つも見付からなかったのである。

「生きていてほしいな」

と、片山は言った。「きっと、辛い思いをするだろうけど……」

「ニャー」

と、ホームズもTVの画面を眺めながら、鳴いた。

2 かけ違い

「そんな馬鹿な話ってある？」

と、ヒステリックな声を上げる香代を見て、室田は、

「そんな声を出すな。頭痛がする」

と、眉をひそめた。

「だって、ひどいじゃないの！」

ややトーンは下ったが、苛々《いらいら》していることに変りはない。「どうしてあなたが謝らなきゃならないの？」

「そりゃ、俺だって頭を下げたかないさ。しかし、誰かが『責任を感じてます』と言わなきゃすまないんだ」

「あの人たちは勝手に死んだのよ！　しかも、五年もたって！　当てつけがましいったらありゃしない」

「まあ……色々あるさ」

と、室田は首を振って、「しかし、一家心中とはな。よほど追い詰められてたんだな」

「同情なんかしちゃだめよ。こっちにとっちゃ迷惑なんだから！」

香代が苛立っているのは、浜中一家の心中事件のせいだけではなかった。

実は、室田が心配していたように、沼田晴江との浮気を、わざわざ香代に知らせて来た物好きがいたのである。

しかし、今夫を問い詰めるのは、ためらわれた。何しろ、浜中一家の心中事件で、室田が矢面《やおもて》に立たされている。

何も、室田一人が浜中を社から追い出したわけではない。みんなが浜中への怒りを覚えていたのだ。

「一人だけ正義漢ぶりやがって！」

というわけだ。

「で、明日、どこでやるの？」

と、香代は訊いた。

「本社の会議室だ」

〈B食品〉としての「見解」を発表するのである。

「社長さんも出席するんでしょ？」

と、香代は訊いた。

「どうかな」

「え？　だって、〈B食品〉の代表といえば社長さんじゃないの」

「あの人が出席すると思うか？」

「でも……」

「一応出席すると発表してあるが、まず十中八九、『急な病気で』入院した、ってことになるだろうな」

と、室田は言った。「秋法《あきのり》さんが頭を下げるなんて、まずあり得ないよ」

そう言われれば、香代も同感せずにはいられなかった。

五年前、あの出来事が起ったとき、社長は先代で創業者の馬場広太郎《ばばこうたろう》だった。あれをきっかけに、社長を辞めた。

そして、事件のほとぼりがさめると、馬場はいつの間にか会長におさまって、今の社長は息子の馬場秋法。まだ三十八歳だが、すでに社長の椅子を温める以外のことは、ほとんどできない。

「――死んだのかしら、本当に」

と、香代が言った。「あの女の子よ。何ていったっけ？　浜中……」

「美咲だよ」

「ああ、そんな名だったわね」

と、香代は肯いて、「一人だけ助けられたって……」

「ああ。しかし、姿を消しちまったんだろ。十六の女の子だぜ。何もできやしないよ」

「別に心配してるわけじゃないけど、何だか後味が良くないじゃないの」

「まあ、時がたてば、みんな忘れるよ。TVも週刊誌も忙しいんだ。いつまでも一家心中の話なんか取り上げちゃいられない。ともかく、明日カメラに向って深々と頭を下げてやりゃすむんだ。それくらいお安いご用さ」

と、室田は言って、飲みかけていたウイスキーのグラスを一気に空にした……。


居間のドアは細く開いていた。

廊下に立った佳子は、じっと動かずに、両親の話に耳を傾けていた。

――十六歳。何もできやしない、か……。

佳子も十六だ。しかし、同じ十六で、浜中美咲と室田佳子とは、何と大きな違いがあることだろう!

――五年前の事件のことは、漠然としか憶《おぼ》えていない。佳子は十一歳で、小学生だった。

私立に、幼稚園から通っていた佳子は、学校でもその話がほとんど出なかったので、あまり気にしなかった。

佳子の家同様、有名企業の社長や管理職の子供が多いせいだろう、「明日はわが身」といった気持だったのかもしれない。

そして今、佳子はそのまま同じ高校へと進んでいた。

しかし、もう小さな子供ではない。

浜中という一家に何が起ったのか。――五年前の出来事も、容易に調べることができる。

一家心中。――ことに、小さな男の子が死んだことは、佳子の胸に傷を残していた。

たった八歳。どうして死ななければならなかったのだろう。

私だったら……。もし、私が浜中家の「十六歳」だったら、どうするだろう?

そして、八歳の弟がいたとしたら。

一人っ子の佳子は、弟がほしかった。死んでしまった幼い男の子――佳子はその子が和哉《かずや》という名だということも知っていた――のことを考えると、まるで自分のことのように悲しかったのである。

その一家を死へと追いやったのが、他ならぬ父親だったということ。父一人がやったことではないとしても、それに加わり、そして今も少しも悔んでいないらしいこと……。

もちろん、佳子も世の中に、善悪で割り切れないことがいくらもあると分ってはいる。

でも――せめて死を選ばざるを得なかった人たちに、心を痛める人であってほしいと、両親に求めることは無理なのだろうか……。

「もう寝るぞ」

と、父の声がして、佳子は急いで足音をたてないように、階段を上って行った……。

その日、

「ツイてない！」

と嘆いていた人間は、日本中と言わずとも、東京中、いや、その半径数キロの内に、いくらでもいただろう。

しかし、たいていの場合、人は、

「自分だけがどうして……」

と思うものだ。

この夜、会社の車を運転して戻ろうとしていた栗林努《くりばやしつとむ》も、例外ではなかった。

少し遅くなって降り出した雨のせいで、いつもは車が流れて十五分もあれば行ける所が、四十分以上もかかった。それでも、一旦会社に帰って、車を置いて来ないと、庶務の方がやかましい。

以前は、遅くなると社へ電話一本入れて、「自宅へ直接帰るから」と言えば良かった。

しかし、このところの経費削減で、営業の人員は半分に減らされ、車も「ガソリン代がかかっている」からというので、必ず会社に戻しておかなくてはならないのだ。ただでさえ遅くなっているのに、会社に戻ってから帰宅するとなると、一時間半はかかる。

「やれやれ……」

やっと車は空いた道に入った。少し急ごう。

アクセルを踏んだ。――そのときだった。

ライトの中に、人影が浮かんだ。

何だ？　見間違いか？　幻か？

ブレーキを踏む前に、ドン、と衝撃があった。

車は停った。――雨がフロントガラスを叩く音。そして栗林自身の激しい息づかいの音。

「おい……。やめてくれ……」

今のは錯覚だ。そうだろ？

まさか、こんな寂しい道で、人をはねるなんて……。

エンジンを切って、栗林はこわごわドアを開けた。――犬か猫でもはねたのなら……。

しかし、雨の中へ出て行った栗林は、そんな願いが空しかったと悟った。

道の端に倒れているのは女の子だった。

「おい……。大丈夫かい？」

栗林はそっと声をかけた。大丈夫なわけがないのは分っていたが、手を触れるのは恐ろしかった。

女の子は半ばうつ伏せになっていて、顔はよく見えない。

しかし、見たところ、大きな傷はないようだった。

「なあ……。何か言ってくれよ」

手を伸して、恐る恐る少女の腕に触れると——体がピクッと動いて、栗林の方が悲鳴を上げそうになった。

生きてるんだ！

病院へ。——そうだ、病院へ運ばなきゃ。

それとも救急車を呼ぶか。

だが……。

迷っている内、栗林にはある思いが——何とかしてこれを隠そうという思いが……。

しかし、そんなことが可能だろうか？

このまま逃げてしまえば？　——今なら、この子は助かるかもしれない。それを放り出して行ったら……。

後でそれが分ったら、重罪になる。

そのとき、栗林はあることに気付いた。

いくらここが交通量の少ない道だといっても、都内である。他の車が、いつやって来るか分らないのだ。

ここで、こんな風に倒れている女の子のそばで突っ立っていたら、逃げることはできなくなる。

そのとき、少女が少し動いて、呻き声を上げた。

心を決めなければならない。――栗林は少女の方へ身をかがめた。


「おい、出て来い！」

と、栗林は玄関へ入ると、声をかけた。

「遅かったわね」

と、妻の信子《のぶこ》が欠伸《あくび》しながら出て来る。

「ソファで居眠りしちゃったわよ」

「おい、手を貸せ！」

「何よ？」

「いいから、早く！」

面食らっている信子をせき立てて、栗林は家のガレージへと引張って行った。

「会社の車じゃないの」

と、信子は目をパチクリさせて、「置いて来なくて大丈夫なの？」

自分の小型車はガレージに入っている。会社の車はその前に停めてあった。

「誰もいないか？　その辺、見回してみろ」

「何よ、一体？　こんな時間に出歩いてないわよ、誰も」

夜中というわけではないが、この住宅地はもの寂しい場所なのである。

ドアを開けると――。

「――誰、この子？」

後ろのシートに横になっている少女を見て、信子は呆気《あつけ》に取られた。

「俺がはねたんだ」

「何ですって？」

「静かにしろ！　気を失ってるが、生きてる。届けたら、刑務所だ」

「でも……」

「家へ入れるんだ。どんな様子か分らないが、そうひどくけがしてるとも思えない。手を貸せ」

半ば呆然としたまま、信子は夫と二人、その女の子を運んで、家へ入れた。

少女をソファの上に横たえて、二人は汗を拭《ぬぐ》った。

「見たとこ、十五、六かしらね……」

「そうかな。よく分らない」

栗林は息をついて、「おい、俺は車を会社へ戻して来るから、後を頼む」

「え？　ちょっと待ってよ！　気が付いたらどうするの？」

「何とかうまくやってくれ！　ともかく、すぐ戻って来るから」

「だけど……。あなた！」

栗林は逃げるように出て行ってしまった。

「——冗談じゃないわよ」

信子は、意識を失っている様子の少女と二人で取り残されて、どうしたものか、困ってしまった。

夫婦は二人暮しで子供はない。このまま寝かせておいてもいいようなものだが……。

でも——車ではねた？

改めて考えると、とんでもない話である。

重傷で——もしかすると死ぬかもしれない。

もちろん、夫が逮捕されて刑務所行き、ということは避けたい。といって、このまま
この少女をここに置いて、警察に知られずにいられるだろうか？

「困ったわね……」

信子は、さっきいれたコーヒーがまだ残っていたことを思い出した。

そうだわ。コーヒー飲んで、落ちつきましょ……。

カップにコーヒーを注いで、電子レンジで温める。

「でも……今、あの人が捕まったら……」

当然、仕事は失い、収入もなくなる。信子は働いていないので、とたんに食べていけなくなるわけだ。

「だめだめ！　だめよ、そんなこと！」

と、思わず口に出して言うと――。

「すみません……」

と、声がした。

え？――誰かいたっけ、うちの中に。

振り向くと、あの少女がソファに座っている。

「あら……。気が付いたの？」

と、信子が言うと、

「ここ……どこですか？」

と、少女は言った。

「私のうち。――そう言ったって、分んないわね」

と、信子は笑って見せて、そのとたん、電子レンジがチーンと音を立てたので、びっくりした。

「あ……。あの、コーヒー、飲む？　今いれたわけじゃないんだけどね……」

と言ってみると、少女は思いがけず、

「いただきます」

と言った。

「そう？　じゃ……ミルクとお砂糖は？」

「いえ、ブラックで」

「まあ、若いのに通なのね。――はい、私のカップで悪いけど」

カップを受け取ると、少女はそっと一口飲んでホッと息をついた。

「おいしい……」

「そう？　良かったわ。ね、どこか……具合悪いとこ、ない？　痛いとかかゆいとか」

「ちょっと頭が痛いですけど……。大したことはないです」

「だったらいいけど……。あなた、お名前は？」

そう訊かれて、少女は少し考えていたが、

「――分りません」

「え？　自分の名前よ」

「何だか、頭の中がボーッとしてて。もやがかかったみたいになって、何も分らないんです。名前も……。私、誰なんだろ」

途方に暮れたようにそう言って、少女は、それでもゆっくりとコーヒーを飲んだ……。

3　秋の風

「どうにかしてよね」

と、タバコをふかしながら女は言った。

「ああ……」

室田は、まさかこんな話になるとは思わず、不機嫌だった。

一緒にいるのは、沼田晴江。――〈B食品〉での浮気相手だ。

社内に知れ渡ってから、しばらくは会っていなかったのだが……。

今日、会社のトイレの前ですれ違ったとき、沼田晴江が小さく折りたたんだメモを渡して来た。そこには、〈あのホテルで、八時に〉とあったのだ。

もうほとぼりもさめていた。

浜中の一家が心中したことも、もう忘れられて、話に出ることがない。記者会見で、室田は副社長と並んで深々と頭を下げたが、やはり社長の馬場秋法は「血圧が高く、入院が必要」と診断されて、出席しなかった……。

そして、うだるような夏が過ぎて、秋風が立ち始めていた。

久々に、沼田晴江を抱ける、と張り切ってホテルの部屋へやって来た室田を待っていたのは、

「妊娠したの」

という晴江の言葉だった。

「堕《お》ろすならもうぎりぎりだって」

と、晴江は言った。「体にも負担になるって言われたわ」

「どうして、もっと早く診せなかったんだ」

「私、もともと生理が不順なの。二、三か月ないこともあるから、大して気にしてなかったのよ」

「しかし……」

あのとき、お前は「今は大丈夫」と言ったじゃないか！　——室田はそう口に出して言いたかった。

だが、そう言えば晴江が怒るだろうと思うと、つい呑み込んでしまった。

「ちゃんと費用は出してね」

と言われて、いやとも言えず、

「ああ。——もちろん」

と言った。「いくらぐらいかかるもんなんだ？」

「色々じゃない？　ちゃんとした病院で手術してもらわないと。後で子供を産めない体になってもいやだもの」

「それはそうだが……」

「その後、一週間ぐらいはお休みするわ。でも、噂たてられるのもいやだから、旅行に出るってことにして……」

「そうか」

「三、四日、温泉にでも行こうかな。体を休ませなきゃ。ね？　そうでしょ？」

「まあ……そうだな」

「旅行の費用も出してよね。だって、当然でしょ」

室田は言葉を失った。——これまで「可愛い」という目で見ていた晴江のことが、まるで別人のように思えた。

「うーん……。手術、入院の費用、それに旅行のお金で……百万でどう？」

愕然《がくぜん》とした。——百万だって？

どこからそんな金額が出て来るんだ？　俺にそんな金が出せると思ってるのか。

大体——晴江が本当に妊娠しているのかどうか。それに、妊娠が事実だとしても、室田の子なのかどうか……。

「そんな顔しないで」

と、晴江は室田をベッドの方へ引張って行くと、「楽しい思いをしたら、その分、支払いしなきゃいけないのよ。そうでしょ？」

室田をベッドの上に押し倒すと、服を脱ぎながら言った。

「今は楽しみましょ。お金のことは忘れて。ね？」

——情《なさけ》ないことに、室田は晴江のなすがままになって、結局「楽しんで」しまったのである……。

「片山さん、こっちです」

エレベーターを降りると、廊下の奥で石津が手を振っていた。

片山は欠伸をかみ殺して、

「——この部屋か」

「デラックスツインっていって、普通のツインルームより高いんだそうです」

と、石津は言った。

部屋代はともかく……。

ベッドには女が仰向けに横たわっていた。バスローブをはおっていたが、前は半ば開いていた。腰のところで結ぶタオル地のベルトは、今、その女の首に巻きついていた。

血に弱い片山としては、出血がないのは助かったが、空《うつ》ろな目で天井を見上げている女の苦悶の表情は、やはり見ていると貧血を起しそうだった。

「持物は？」

と、片山が訊くと、石津が、

「そこのテーブルに」

バッグの中身を取り出して並べてある。

「――社員証があります」

「うん。〈B食品管理部〉か……。〈沼田晴江〉。――〈B食品〉か」

「あの会社ですね」

「そうだな。たぶん当人だろうが。連絡は？」

「ケータイは失くなってます。犯人が持って行ったんですかね」

「そうだろうな。今――朝の九時半か。〈B食品〉へ連絡してみろ」

「分りました」

片山は検視官が来るまで、死体に触れないようにして、細かいところを見て行った。

女の左手がギュッとシーツをつかんだままだ。殺される苦しさ、悔しさが伝わって来るようだった。

ふと、そのつかんだ手の中に、何か違う色が覗《のぞ》いているのに気付く。――そっとつまんで引張ってみると、スルスルと抜けて来た。

靴下だ。——男ものである。

片山はビニール袋にそれを入れた。

ベッドの上に脱いであった男の靴下を、シーツと一緒につかんでいたのだ。

「——片山さん」

と、石津が言った。「やはり当人らしいです。今日、休むという連絡もなくて欠勤しているそうで、一人暮しだそうです。両親は東北の方で……」

「誰かに確認に来てもらえ。実家の連絡先も訊いておいてくれ」

片山はそう言って、社員証を眺めると、「〈B食品〉か……」

あの浜中一家の心中から、三か月……。

浜中美咲がどうしたのか、何の手がかりもなかった。

崖から飛び下りた両親と男の子も、結局発見されなかった。母親が持っていたらしいバッグが見付かったが、中身は流されてしまっていた。

一時、マスコミも浜中一家に同情して騒いだが、もう今はすっかり忘れられている。

〈B食品〉の幹部が記者会見で、「責任を感じます」と、頭を下げたが、その後、どうしたとも聞かない。

せめて……あの少女、美咲が、どこかで生きていてくれたら。

鏡に書いたように、〈B食品〉に仕返しするという思いで、どこかで生きていてくれないだろうか。

そのとき、

「何かあったんですか?」

と、声がして、片山たちがびっくりして見ると、開いたドアの所に、スーツ姿のOLらしい女性が立って、中を覗き込んでいた。

「いや、ちょっと……」

と、片山は言った。「あなたは、ホテルのお客ですか?」

「といいますか……」

と、そのスーツ姿の女性は口ごもって、「この部屋に呼ばれて来たんですけど」

「呼ばれて? 誰に呼ばれたんです?」

「ええと……」

と、その女性はケータイを取り出すと、「沼田さんという方です。沼田晴江さん」

「でしたら、お会いになっても話はできません」

と、片山は言った。「ここで殺されているようですから」

「殺された?」

と、目を丸くして、「本当ですか？」

片山が状況を説明すると、

「——まあ！　とんでもないこと」

と、その女性はため息をついた。

「ところで、あなたは……」

「あ、失礼しました」

と、名刺を取り出し、「こういう者です」

「——生命保険？」

「ええ。沼田さんから、保険のことで、訊きたい、ってご連絡が」

名刺には、〈K生命・営業担当　須藤克代《すどうかつよ》〉とある。

「その連絡はいつのことですか？」

と、片山は訊いた。

「昨日です。夜に、私のケータイに沼田さんから電話があって……」

「このホテルの部屋に？」

「ええ、そうです。午前九時半過ぎに来てほしいと……」

須藤克代は、恐る恐るベッドの方へ目をやって、「あれ……本当の死体ですか？」

「ええ、そうですよ」

「すみません！」

須藤克代はバッグを開けて、あわててハンカチを取り出したが、焦っていたのか、バッグの中身が床に飛び出してしまった。

「ごめんなさい！　私……初めてなんで、殺人現場なんて」

「それはそうですよ」

片山は一緒になって落ちた小物やケータイを拾ってやった。

「どうも……。すみません……」

と、冷汗をハンカチで拭う。

片山としては、この女性に親近感を覚えたのだった。

「沼田さんは一人でしたか？」

と、片山は訊いた。「つまり、誰か他の人間が部屋にいるというような……」

「それって……殺人犯でしょうか！」

と、須藤克代は目をみはって、「もしかして、殺人犯が私のケータイを知って、殺しに来るかも……」

「いや、それはないでしょう。特に他の人間の声などはしなかったんですね？」

「沼田さん、私の名刺を持ってました。犯人がそれを見て、こいつは邪魔者だ、消そう、と思ったりして……」

「落ちついて下さい。そんな危険はありませんから。ちょっと！」

片山は焦った。

須藤克代がその場に崩れるように倒れてしまったのだ。失神している。

「参ったな！　おい、石津！」

石津刑事がバスルームから出て来ると、

「片山さん！　その人に何したんですか？」

「何もしてない！　勝手に気を失っちゃったんだ！」

「どうしましょう？」

「どうって……。ホテルの人間を呼んで、どこかで休ませてくれ！」

まさか死体のあるベッドに寝かせるわけにはいかない。

「やれやれ……」

人のことは言えないが、繊細というか何というか……。

気を失っている須藤克代は、たぶん二十七、八だろうが、ずいぶん幼く見えた。――

そして、可愛い。

「馬鹿！　何を考えてるんだ！」

「え？」

石津が面食らって、「何も考えてませんよ、俺」

「お前のことを言ってるんじゃない」

片山は咳払いして、「この女性を運んでやれ。頼むぞ」

と言って、あえて須藤克代から目をそむけた……。

ホテルの部屋から死体を運び出そうとしているところへ、〈B食品〉の女性がやって来た。

「死体の確認をお願いしたいんです」

と、片山はその女性に言った。

「え？」

川崎《かわさき》ちづるというそのOLは目を丸くして、「私が……ですか？」

「ええ。——そのために来てくれたんでしょ？　お宅の会社に、そうお願いしたはずですが」

「そんなこと……私、聞いてません！」

と、今にも逃げ出しそう。

「じゃ、何しにここへ？」

「だって、私……〈B食品〉の受付なんです。上司から、このホテルのこの部屋へ行け、と……。警察の人が待ってるからって」

「用件は聞かなかったんですか？」

「何も言われてません。私、この間、電車で痴漢にあって、駅員さんに訴えたんです。駅員さんが、『じゃ、警察へ連絡しときますよ』っておっしゃったんで、そのことかな、と……。でも、どうしてホテルの客室なんだろうって思ったんですけど」

「そうですか。ともかく、すぐ済みますから。今、あの担架に乗せられているのが、沼田晴江さんかどうか、確認してもらえれば、それでいいんです」

「でも……私、沼田さんとは特別仲良しじゃなかったし……」

と、川崎ちづるは口ごもった。

「でも、同じ会社なんだから、顔は分るでしょ？」

「ええ……。たぶん……」

「じゃ、見て下さい。気が進まないのは分りますけど、誰かに確認してもらわないと」

「はい……」

と、何とも情ない表情になって、片山に促されるままに、布で覆われた死体の方へおずおずと歩み寄る。

片山が肯いてみせると、刑事が布をめくって、死体の顔を見せた。

「——どうですか？」

と、片山は訊いた。「間違いなく沼田晴江さんですか？」

川崎ちづるはコックリと肯いたが——、そのまま気を失って、床に引っくり返ってしまったのである。

「どうしたの？」

晴美が部屋へと入って来ると、ツインのベッドに一人ずつ女性が寝ているのを見て、目を丸くした。

「悪いな、呼び出して」

と、片山は言った。

「今日はバイト、お休みだからいいけど……。お兄さん、この二人に何したの？」

「何もしてない！」

と、片山はあわてて言った。「二人とも、勝手に気を失っちゃったんだ」

片山が事情を説明すると、晴美は苦笑して、「お兄さんも一緒に気絶しなくて良かったわね」

「冗談言ってる場合じゃない。沼田晴江の死体はもう運んだ。報告に一課へ戻らないと」

「〈B食品〉って、あの浜中さんの……」

「うん。殺された沼田晴江はそこの社員だ。もちろん、浜中さん一家のこととは関係ないだろうけどな」

「どっちの人が同僚?」

「奥の方だ。川崎ちづる。手前は須藤克代って、生命保険会社のOLだ」

「へえ」

晴美はベッドのそばへ寄って、二人をじっくり見比べた。

「――おい、何してるんだ?」

「どっちがお兄さん向きかな、と思って」

「何言ってんだ。じゃ、後は頼む」

片山は自分でもどうしてかよく分らないまま、ちょっとあわてて部屋を出て行こうとした。

「お兄さん!」

と、晴美が呼び止めて、「ここの部屋代はどうするの?」

ホテルに頼んで、空いているツインルームを貸してもらったのだが、タダというわけにもいくまい。

「二人が気が付いて出てったら、ホテルの人に訊いてみてくれ。料金が分ったら、立て替えておいてくれよ」

「分った。ちゃんと後で払ってよ」

「分ってるよ」

「ね、お兄さん」

「何だ？」

「二人とも、結構可愛いじゃない」

「ああ、そうだな」

と、つい言ってしまって、「関係ないだろ！　じゃ、頼むぞ」

と、あわてて出て行った。

晴美はちょっと笑って、

「可愛いとこあるわね、兄貴も」

と呟いた。

すると——「ウーン」と唸《うな》って、一人が目を覚ました。キョトンとして、

「あの……ここは？」

「ええと、あなたは……生命保険の人ね」

「はい。須藤克代といいます……」

二人の話し声が耳に入ったのか、もう一人の方もモゾモゾ動いて、大きく息をついた。

「ああ……。どうしたんだろ、私？」

と、起き上る。

「あなたは〈B食品〉の人ね」

「ええ……」

「私、片山刑事の妹で、片山晴美。兄に頼まれて来てるの。お二人とも、沼田さんって人の死体を見て気絶したとか」

「あ、そうだ！」

と、川崎ちづるが肯いて、「だって何も聞いてなくて……」

「私も、いきなりで……」

「ま、兄としては、それが仕事なので、許してやって」

「――片山さんっておっしゃるんですか、あの刑事さん」

と、須藤克代が言った。「こんな部屋に……」

「ホテルに頼んで、空いた部屋を使わせてもらったそうよ。お二人とも、急がなくていいけど、気分が良くなったら、もういつでも出て行って下さいな」

「はあ……」

と、川崎ちづるは言った。「でも……こんなことまでしていただいて、申し訳ないです。片山さんにお礼を申し上げないと」

「そうですよね。私も、ご迷惑かけてしまって」

「いいんですよ、気にしなくて。兄は女性の相手が苦手なの。私からお二人の気持は伝えておきますから」

「いえ、そんな……。ねえ」

と、克代がちづるを見て、「私たちも子供じゃありませんから」

「そうですよ。こんな恥ずかしいところをお見せしてしまって、片山さんに笑われているに違いないと思うと……」

二人は肯き合って、

「ぜひ、お兄様に――」

「お会いしたいです！」

この二人、お兄さんに興味津々だわ！

晴美としては、面白い成り行きなのだった……。

4　期待外れ

「やっと、か……」

ケータイが鳴ると、草間《くさま》は呟いた。

もう二時間以上待たされていたのだ。

席を立つと、ケータイを手にバーの外へ出た。中は大声でしゃべっている客で、やかましい。

「もしもし。——ずっと待ってるんですよ」

と、草間は言った。

「どうせ飲んでるんだろ。文句言うことはないじゃないか」

と、相手はちょっと小馬鹿にしたような口調で、「あのな、今夜はまだこの後、接待なんだ。またにしよう」

「そんな……。この前もそうおっしゃったじゃありませんか」

「仕方ないだろ、仕事なんだ」

と、強い口調になって、「俺に向ってそういう口をきくのか」

怒らせてはまずい。草間はあわてて、

「いえ、もちろん分ってますとも、じゃ、今度いつ……」

「今は分らんよ。また連絡するから」

「分りました。あの——」

「今日の分はうちで持ってやる。店のママに言っとけ。だからって、やたら高い酒を飲むなよ」

と言うと、切ってしまった。

草間はケータイをにらみつけるようにして、

「何だ、畜生！　人を馬鹿にしやがって！」

と、吐き捨てるように言った。

しかし、相手の方が上の人間なのでは、何を言っても仕方ない。

「高い酒を飲むな、か……。ケチな奴だ」

ブツブツ言いつつ、バーの中へ戻った。

二時間も待たされている草間を、バーの女の子たちは笑って見ていた。いや、それは草間の気のせいかもしれないのだが、大体、草間のそばに、誰もやって来ない。

——草間が〈B食品〉の社長、馬場秋法を待っていることは、店でも分っていた。そして、どうやらすっぽかされたらしいことも……。

そうなると、支払いがどうなるかを心配して、

「草間さん、社長さん、みえないの？」

と、ママが声をかけて来る。

「ああ。だが、会社へつけろって」

「そうなの？　分りました」

「もう一杯くれ。同じのでいい」

「はいはい」

〈B食品〉の払いと分ると、安心した様子だ。

「――どうなってる」

と、草間は呟いた。

もちろん、相手は社長。草間は〈B食品〉の係長に過ぎない。しかし、馬場社長から気をつかってもらう資格がある。

そうだとも！

あの、心中した浜中一家。あの浜中由介が〈B食品〉から出されて〈H輸送〉を任されたとき、一緒に〈B食品〉から移ったのが草間だった。

経理のベテランだった草間は、初めの内、浜中の力になって、〈H輸送〉を支えたの

だが、馬場秋法からの指示で、帳簿に細工をした。そして税務署に「脱税している」と通報したのだった。

浜中は逮捕され、〈H輸送〉は倒産した。――草間は、事前の約束通り、〈B食品〉に戻してもらった。

しかし――「とりあえず、目立つから」というので、与えられたのは、ほとんど仕事のない、名目だけの係長。

「その内、ちゃんといいポストを回すから」

という馬場社長の言葉を信じて待っていたが、一向に話はない。

「畜生……」

草間もうすうす、分っていた。――社長には草間が邪魔なのだ。

特に浜中の一家が心中して、世間の非難を浴びたので、その原因に係《かか》わっていたとも言える草間は、邪魔な存在になって来たのだろう。

「諦《あきら》めてたまるか」

と、草間は呟いた。

とことん粘ってやる。やった仕事の分だけは、ちゃんと報酬をもらわないと。それが当然だろう。

「――お待たせしました」

グラスが置かれた。「ご一緒していい？」

草間の隣に座ったのは、この店で見覚えのないホステスだった。

「ああ……。いいとも」

「私も一杯、いただいても？」

「構わんよ」

「もういただいてるけど」

と、女はもう一つのグラスを見せて、笑った。

こいつは……なかなかいい女だ。

三十そこそこだろう。まだ肌がつやを持っている。ほとんど化粧していない顔立ちは、色白で、どこか素朴な可憐さがあった。

「見ない顔だな」

と、草間は言った。

「まだ新人なの。よろしく」

と、女は言って、草間にすり寄って来た。

「ああ……。名前は何ていうんだ？」

「ミッチって呼んで下さいな」

「ミッチか。——どこか他の店にいたのか？」

「あら、ホステスの過去は訊くもんじゃないわ」

と、ミッチという女は言った。「ママから言われてるの。〈B食品〉はお得意さまだから、好きなだけ飲んでいただいて、って」

「そうか。――うん、そうなんだ」

「偉いのね。〈B食品〉っていったら有名な会社じゃない。そこの社長さんのお友達ですって？」

「友達？　うん、まあ……普通の社員とはちょっと違うのは確かだがね」

「すてきね！　部長さん？　それとも取締役？　見たところ、貫禄があるわ」

「いや、まあ……そこまで行かないが、近々、そうなるだろうな。社長が約束してくれてるしね」

「凄いわね！　じゃ、未来の取締役に乾杯！」

と、ミッチは言って、「近い未来の、ね？」

「ああ、そうだ。乾杯！」

草間は愉快な気分になって来た。「おい、もっと飲もう。おかわりだ」

「はい。――今夜はとことん付合うわ」

「嬉しいね！」

草間は、この後、何杯飲んだか……。

バーをいつ出たかもよく分らなかった。

気が付くと、タクシーに乗って、隣には女が――あのホステス、ミッチが座っていた。

「何だ……。俺、どうしたんだ?」

「酔って眠ってたのよ」

と、ミッチが言った。「大丈夫?」

「ああ……。しかし……ずいぶん飲んだな」

と、草間は息をついて、「どこへ行くんだ?」

「いやね、憶えてないの?」

「だが……家はこんな方じゃないぞ」

と、暗い窓の外を見る。

「家へ帰ったって、誰もいないんでしょ。奥さんも出てっちゃって」

「どうして知ってるんだ、そんなこと?」

「自分で言ったじゃないの」

「そうだったか? 何だか……憶えてないな……。じゃ、今はどこへ向ってるんだ?」

「私に任せるって言ったわ。草間さん」

と、ミッチは微笑《ほほえ》んだ。「だから任せて」

しっかり草間の腕を取り、体を押し付けて来る。草間は久しぶりに体が熱くなるのを覚えた。

「いいとも……。任せるよ」

草間はつい口もとに笑みが浮かぶのを止められなかった。


うーん……。

誰だ？　何だか妙な声で唸ってるのは。

「うるせえぞ！　黙れ！」

と、もつれる舌でそう怒鳴ってから、草間は気付いた。

そうか。唸ってたのは俺だ。

ベッドの中でモゾモゾと動いて……。

「ん？　どこだ、ここ？」

このベッド、俺のマンションのベッドじゃないぞ。俺のベッドはこんなに広くない。

こんな風に動いたら、ベッドから落っこちまうだろう。

目をこすって、

「ああ……。そうか……」

ホテルだ。ちょっと洒落《しやれ》たホテルに二人で入った。——二人で？

「俺は……どうしたんだ？」

頭がボーッとして、状況がつかめない。

ゆうべは散々飲んで、それから――。

そうだ。あのホステスと二人で……。

「ミッチ」っていったっけ？

「私に任せて」

とか言って、このホテルへ入った。

二時間いくらのホテルだが、この手のホテルも今はなかなか小ぎれいで、安っぽくない。

やっとベッドに起き上って、草間は頭を振った。

バスローブを着ている。いや、着ているといっても、ほとんど脱げているも同然だ。

バスローブの下は裸で……。

しかし、あのミッチってホステスと、どうかなったという記憶がない。それとも――

眠っちまったのか？

「やれやれ……」

せっかくここまでやって来て、何もせずに眠った？

そうとしか思えない状態だった。

部屋にミッチの姿はなかったし、服も残っていない。

「何時だ？」

窓がないので、時間が分らない。——自分のケータイを見付けて、

「まずい」

と呟いた。

もう十一時を回っている。昼間だ。

会社をサボったことになる。いや、そんなことは大した問題じゃない。

急に心配になって、草間は脱いでソファに放り出してある上着をつかむと、中の財布を取り出した。——大丈夫。金はちゃんと入っている。

欠伸しながら、草間はバスルームへ入って行って、シャワーを浴びた。

やっと目が覚めた。

「ちょっと飲み過ぎたかな。ゆうべは……」

と呟く。

しかし——あのミッチってホステス、なかなかいい女だった。今度は眠っちまわないように気を付けて誘ってみよう。

バスタオルで体を拭きながら、バスルームから出ると——。

男が二人、一人はベッドに腰かけて、もう一人は立ったままで、草間の上着をつかんでいた。

「何だ、あんたたち？」

と、あわててバスタオルを腰に巻いて、「勝手に入って来て、何やってるんだ？」

「ちゃんと待っててやったぜ、風呂から出るのをな」

と、ベッドにかけた男が言って、「K署の者だ」

「刑事？」

「さ、服を着ろよ。一緒に来てもらうからな」

「おい、冗談だろ？　俺が何をしたって言うんだ？」

草間は呆然と立ちつくしていた。

「分らないのか？」

立っている男が、草間の上着を逆さにして振った。床に落ちたのは、封筒と、小さな包み。

「これは何だ？」

封筒の中身を取り出すと——札束だった。

「五十万はあるぜ」

「そんな金……知らないよ！」

と、目を丸くする。「金を持ってるから、連行するって言うのか？」

「問題はこっちだ」

小さな包みを開くと、ビニール袋に入った白い粉末。

「ヘロインだな、見たところ」

「そんなもの……見たこともない！」

「たったこれだけだが、薄めて売れば、何百万かになる。売れ残ったのか？」

「やめてくれ！　そんなもの知らない！　本当だ！」

やっと状況が呑み込めて、草間は青ざめた。

「話は署で聞く。さ、早く服を着ろよ」

――あの女だ！

「はめられたんだ！　ゆうべ一緒だった、ミッチってホステスが……」

「早くしろ。風邪ひくぜ」

草間は、半ば呆然としたまま、服を着た。

取調室のドアが開いて、入って来た男を見て、草間は飛び上りそうになった。

「社長！　助かりました！」

と、泣かんばかりに、「とんでもないことを言われてるんです！　刑事さんたちに言ってやって下さい。俺が真面目な社員だってことを！」

馬場秋法は、冷ややかに草間を眺《なが》めて、

「厄介なことをしてくれたな」

と言った。「お前は昨日付で会社を辞めてるからな。憶えとけ」

「社長……」

草間は愕然として、「そんな……。ひどいじゃありませんか！　社長のために、浜中のことを密告したのに」

「何の話だ？　ヘロインを持ってたんだろ？」

「俺じゃありません！　誰かが——ミッチってホステスが、俺の上着に入れてったんですよ」

「そのバーに行って、訊いたぞ」

と、刑事が言った。「あそこには、ミッチなんてホステスはいない。お前が女と出てったのは見たそうだがな」

「そんな馬鹿な……」

「刑事さん」

と、馬場秋法が言った。「草間はもううちの社員じゃありません。ヘロインの売買に手を出してたなんて……。金に困ってはいたようですが」

「社長……」

「お前に『社長』と呼ばれる覚えはない。もう〈B食品〉とは何の関係もない人間なんだ」

と、馬場は突き放した。「では、私はこれで……。仕事がありますので」

「ご苦労さまでした。その草間が、どうしても呼んでくれと言うものでしてね」

「いや、一応元の社員ですから」

と、馬場は、「元の」に少し力をこめて言った。

「畜生！」

草間は顔を真赤にすると、「何て奴だ！ 俺を散々都合のいいように使いやがって！ そうか、あのミッチって女を雇ったのは貴様だな！ 俺を厄介払いしようっていうんだな！」

「好きなだけ吠えてろ」

馬場は冷ややかに笑って、「じゃ、失礼」

と、取調室を出て行こうとする。

草間は、ガックリ来たように椅子に座り込んだ。

だが——馬場がドアを開けたとき、草間は弾かれたように立ち上り、刑事を突き飛ばして、馬場の背中に向って飛びかかった。

突然のことで、居合せた者たちも、一瞬立ちすくんで動けなかった。

草間は馬場を床へうつ伏せに押し倒した。馬場は思い切り顔面を床に打ちつけた。

「——やめろ！」

刑事が駆けつけて、草間を引き放そうとするが、草間は怒りに任せて、馬場の首を絞めていた。

「こいつ！」

刑事が草間を殴ったりけったりしたが、草間は歯を食いしばって、馬場の首を絞め続けた。

刑事の一人が、草間の座っていた椅子をつかむと、大きく振り上げ、草間の頭へ叩きつけた。

草間は気絶したらしく、やっとぐったりと馬場に重なるように伏せた。

「おい！　救急車だ！」

と、刑事が叫んだ。「早く救急車を呼べ！」

5 三角関係

「あら、克代じゃない」

レストランの入口で、コートを脱いで預けようとして、須藤克代は名を呼ばれ、振り返った。

いつもTVで見ている顔がそこにあった。

「睦《むつみ》！ 珍しいわね、こんな所で」

と、克代は言った。「今夜はTV、ないの？」

「今日は土曜日よ」

「あ、そうか。〈ニュースペース〉はお休みね」

「今来たの？」

「そうよ。でも、約束の時間には少し早い」

「へえ、デート？ そうよね、当然」

「デートってほどのもんじゃないけど……」

と、克代は苦笑して、「何しろ二対一だもの」

「え？　じゃ、男二人を手玉に取ってるわけ？」

「逆よ。女二人で男が一人」

「面白そうね！　ね、そこで待ってるでしょ？　聞かせてよ」

面白そうなことがあれば、何でも聞いてやる。――そうでなければ、TVのニュースショーのアナウンサーはつとまらない。

佐川《さがわ》睦は、Sテレビの夜のニュースワイドショー、〈ニューススペース〉のレギュラーである。

須藤克代とは高校大学と一緒だった。

タイプの全く違う同士、ふしぎなほど仲が良かった。

須藤克代は〈K生命〉に入社してOLになり、佐川睦はSテレビのアナウンサーになった。

二人はレストランの中のバーカウンターで、相手の来るのを待つことにした。

「睦は仕事なの？」

と、克代は訊いた。

「半分ね。蔵本《くらもと》さんと打合せ兼ねて食事」

と、睦は言った。

睦が毎晩の〈ニュースペース〉で一緒に出ている、メインキャスターの蔵本達郎《たつろう》のことである。

「でも、大したもんね。月曜から金曜まで、週五日でしょ」

「毎日やってりゃ、慣れるわよ」

「そう？」

二人はシャンパンをもらって飲んだ。

――タイプが正反対な二人だが、面白いのは、派手好きだったのが、〈K生命〉に勤めた克代で、睦は地味な、「勉強一筋」の子だったことだ。

お互い、希望していた企業には落ちて、今の所に就職したのだが、結果的にはそれぞれに活躍している。

佐川睦は克代の話を聞いて、

「殺人現場に入ったの？　羨《うらや》ましい！　私も行けば良かった」

「ちっとも面白くなんかないわよ。私、気を失っちゃったんだもの」

「意外と気が弱いのね。でも、それで、そのときの刑事さんとデートなんでしょ？」

「迷惑かけたお詫びにね」

「でも――克代、女二人って言わなかった？」

「もう一人、気を失った人がいたの」

と、克代が言って、「あ、来たわ」

「今晩は」

やって来たのは、〈B食品〉の受付、川崎ちづるである。「あら……。確か……」

「顔、知ってるでしょ？　佐川睦。〈ニューススペース〉の」

「そうよね？　初めまして」

克代が川崎ちづるを紹介して、

「二人で、片山刑事さんにお詫びしようってことになったの」

「へえ……。片山さんって、そんなに素敵な人なの？」

と、睦が身をのり出す。

「というか……あったかい感じの人。ねえ？」

と、克代がちづるを見る。

「本当ね。妹さんも感じのいい人」

睦は、川崎ちづるの名刺を見ていたが、

「この〈B食品〉って……。今日、ニュースで見たわ。社長さんが――」

「ええ、社員に殴られて、首を絞められて……。大騒ぎだった」

「まあ」

克代がびっくりして、「大丈夫だったの？」

「救急車で運ばれて、入院。——もともと自分の腹心の部下だった人に恨みを買った、ってことらしいわ」

「ドラマチックね！」

睦がたちまち目を輝かせて、「詳しい話、聞かせてくれません？」

と、身をのり出す。

「でも——」

と、ちづるが口ごもる。

そこへ、

「あ、どうも」

と、やって来たのは、片山だった。

「片山さん！　お忙しいのに、すみません」

と、克代がパッと立ち上って言った。

「いや、別に……」

「まあ、妹さんも」

晴美が一緒だったのである。

「図々しくついて来ました」

と、晴美が言った。

そして——結局、テーブルに男性は片山一人。晴美を含めて、女性は四人ということになってしまった。

須藤克代と川崎ちづるに加えて、佐川睦も同席することになったのである。

睦のケータイに、キャスターの蔵本から、〈急な用で行けない〉とメールが入ったのだった。

「——いや、困ったことです」

と、食事しながら、片山は首を振って、「刑事が何人も居合せたのに、草間が馬場さんを襲うのを止められなかった」

「社長の具合はどうなんですか？」

と、ちづるが訊いた。

「ちづるさん、自分の所の社長のことなのに、知らないの？」

と、克代が言った。

「だって、私、ただの受付ですもの。幹部の人ならともかく」

「しばらく入院ということになりそうですよ」

と、片山が言った。「首を絞められただけでなく、後ろから押し倒されたときに、床に額《ひたい》を強く打ちつけていて、そっちの方がむしろ大変なようです」

「まあ……」

と、ちづるは目を丸くして、「会長も心配しておられるでしょうね」

「社長さんのお父さんね？」

と、睦が言った。

「ええ。馬場広太郎さん。もう確か八十歳だけど、凄くお元気よ」

「それだけじゃないのよね」

と、晴美が言った。「犯人の方も……」

「犯人って、草間さんですか？」

と、ちづるが言った。

「何とか止めようとして、居合せた刑事が、椅子で殴りつけたんです」

と、片山が言った。「草間の方も、頭を殴られたので入院しています」

「まあ……」

睦は目を輝かせて、「再現ドラマにしたら迫力ありそう」

「いや、それはちょっと——」

と、片山があわてて言いかける。

「大丈夫です。片山さんに無断で取り上げたりしませんわ」

と、睦は言った。「あ、ちょっとメールが……」

席を立って、睦はテーブルを離れると、ちゃんと訊いておいた川崎ちづるのケータイへ、メールを送った。

ちづるが面食らっているのが見える。

〈ごめん！　B食品って、この前、一家心中した、内部告発のあった会社よね？　草間って人、何か係ってたんじゃなかった？　後でこっそり教えて！〉

睦は、何食わぬ顔でテーブルに戻ると、

「失礼しました」

と、食事を続けた。


「やれやれ……」

片山は化粧室に入って、ホッと息をついた。

晴美は別としても、三人もの女性が一緒では、緊張のあまり、料理の味がよく分らない。

「支払いをどうするかな……」

と、懐具合の心配もしていた。

もともとは、克代とちづるが片山を招く、という会食だったが、晴美がついて来て、しかもTVで顔を見る佐川睦まで加わった。

「そうだな……。各自、払うことにしよう」

片山としては、晴美と二人分を払うということでいいだろう。

化粧室を出たところで、女性の化粧室から出て来た女性とぶつかりそうになった。

「あ、失礼」

「いえ……」

ほとんど顔も見なかった。

そして、席に戻ると、デザートの皿が出るところ。その後、コーヒーを飲んでいて、

片山は手帳を出そうと上着のポケットに手を入れると、

「あれ？」

「どうしたの、お兄さん？」

「いや、何か入ってる……」

二つに折りたたんだメモらしいもの。いつの間に？

それを開くと、端正な字で、

〈殺された沼田晴江さんは、管理部長の室田さんの愛人でした〉

とあった。

「何なの？」

「いや……。何でもない」

片山はメモをポケットに戻した。

動機。——沼田晴江とホテルに入った男。

勤めていた管理部の部長。

いかにもありそうなことだ。沼田晴江は、男の靴下を握りしめていた。

調べれば、その室田のものかどうか、分るだろう。

だが——靴下を片方だけはいて、逃げたのか？　そこは不自然に思えたのだったが

……。しかし、人を殺したら、人間、あわてるものだ。

特に、まさか彼女が靴下を握りしめているとは思わないだろうから、捜しても見付からず、諦めて逃げてもふしぎはない。

——コーヒーを飲みながら、

「あの事件を担当してらっしゃるんですね」

と、佐川睦が言った。「川崎さんの会社の方が……」

「そうなんです」

と、片山は言った。「川崎さんにお手数をかけて」

「そんなこと……。みっともないところをお見せして」

と、ちづるが恐縮している。

「いいえ。おかげさまで、兄の方は貧血を起こさずにすみました」

と、晴美が言った。

「おい……」

片山はちょっと晴美をにらんだが、「——川崎さん。沼田晴江さんがあのホテルに一緒に入った男性について、お心当りはありませんか？」

突然訊かれて、ちづるはどぎまぎしながら、

「心当りといっても……。私、そんなに沼田さんと親しかったわけでも……」

「もちろん、社内の噂くらいのことでいいんですよ。たとえば——室田さんとか」

「え！」

ギョッとした顔は、認めているのと同じだった。

「そうなんですか？　管理部長の室田さんという人と……」

「あの……私が言ったなんて言わないで下さいね。室田さんににらまれたら……」

「もちろんですよ。情報の一つですから。するとやはり？」

ちづるは、ちょっと情ない表情になって、

「これって、社内の女性ならみんな知ってることなんです」

と言った。「室田部長と沼田さん……。ともかく、宴会の流れか何かで、ホテルに泊ったことがあって、また沼田さんがそれを翌日社内でしゃべっちゃったもんですから、アッという間に……。ねえ、『これ、内緒よ』なんて言われたって、聞いたらしゃべらずにいられませんよね！」

「じゃ、話題になってたんですね？」

「ええ。いかにも、って取り合せだったんです。もちろん、部長は沼田さんの倍もの年齢だし、妻子持ちだし。でも、いかにも手を出しそうなタイプなんです」

それを聞いて、晴美が、

「そんなに噂になってるのに、お付合いが続いてたんですか？」

と言った。

「しばらく空いてたみたいです。それに、あの浜中さんご一家の件があって、しばらく室田さんもそれどころじゃなかったでしょう」

「そして久しぶりに、かな」

と、片山は言った。「ともかく、室田さんの当日の行動を調べてみましょう」

「くれぐれも、私が言ったってこと……」

「大丈夫です。信用して下さい」

と、片山が請け合うと、川崎ちづるは少しホッとした様子だった。

すると、

「ああ！」

と、佐川睦が思い出したように、「室田さんって、あの一家心中についての記者会見で頭を下げてた人ですね」

「そうです」

と、ちづるが肯いて、「社長は出席されませんでしたので、室田さんが……。気の毒みたいでしたね。でも、浜中さんが一家心中まで追い詰められたのは、確かに室田さんのせいです」

と、ちづるは腹立たしげに、

「その分、社長に近い人なので……」

「分ります」

「浜中さんが告発した件も、当時の室田さんの指示だったとみんなが知っていました」

片山は思い出した。——あの少女、浜中美咲のことを。

あの子はどうしたのだろう……。


「あなた、靴下が片方ないけど」

と、室田香代は洗濯機の所から声をかけた。

「——何だって？」

室田が廊下をやって来た。

「この靴下、片方しかないわよ」

「ああ……。破れたんで捨てた」

と、室田は言った。

「捨てるなら、両方捨ててよ。片方だけ残ったって仕方ないでしょ」

「ああ、そうだな」

と、室田は笑ってみせて、「つい、うっかりしてた」

「――お母さん」

と、娘の佳子が階段を下りて来ると、「お願いがあるんだけど」

と言った。

「なあに？　お金のかかることだったら、お父さんに言って」

香代は洗濯機のスイッチを入れた。

佳子は、

「私、留学したいんだけど」

と言った。

「――留学？」

夫と妻が、珍しく一緒に声を発した。

「いや、別にお金がどうこうと言ってるんじゃない」

と、室田は言った。「しかし……どうしてまた急に……」

「急じゃないよ」

と、佳子は首を振って、「前から留学したかったんだ。世界を見て、広い視野の人間になりたいし」

どうみても、〈留学のすすめ〉のパンフレットに書いてあることの受け売りだが、室田は妙に感心してしまって、

「そうか。そこまで考えてるのなら……」

「あなた」

と、妻の香代が夫をにらんで、「そんなに簡単に……」

「いいじゃないか。一度外国に行ったら、日本の良さも分るってもんだ」

いやに気が大きくなっていた。「それで、どれくらい行きたいんだ？　よく語学留学って、ひと月とか――」

「ひと月も？」

と、香代が目を丸くして、「あなた、佳子は十六なのよ！　十六の女の子をひと月も犯罪の多い外国に……」

「おい、そういう言い方は失礼だろ、外国に」

両親のやりとりを聞いていた佳子は、

「観光旅行じゃないよ。ひと月なんか行っても、何もならない。行くのなら、二、三年

は向うにいないと」

室田も香代も、唖然として、しばし言葉が出なかった。佳子は続けて、

「クラブの先輩で、今ロサンゼルスにいる人がね、『よかったら、いつでもおいで』って言ってくれてるの。先生にも相談したら、いいじゃないか、って」

「お前――先生にまで話したのか？　どうして俺たちに黙って……」

「ちゃんと具体的な話になってから言おうと思ってて」

と、佳子は言った。「ただの夢じゃないってこと、分ってもらえるでしょ？」

「それはまあ……」

「じゃ、いいんだね！　ありがとう」

と、佳子は立ち上って、「早速先輩に連絡するね。お父さんかお母さん、一度、留学の手続きをしてくれる所があるから、話を聞いて来て。安心するよ、きっと」

佳子はそう言って、

「お風呂に入るね！」

と、二階へ駆け上って行った。

「――あなた」

しばらくして、香代が言った。「本当にいいの？」

「そんなこと言ったって、仕方ないだろう……」

室田の方が呆気に取られている。「しかし、あいつそんなこと考えてたのか……」

「二年、三年？　──私、一緒について行こうかしら」

香代の言葉に、室田はまたギョッとしたのだった。


「しかし、申し訳ないですよ」

と、片山は言ったが、

「そんなこと！　初めから、そのつもりだったんですから」

須藤克代と川崎ちづるが、この食事代をもつと主張しているのである。

「私も加えて」

と、佐川睦が言った。「三人で、このテーブルの分、割りましょ」

こうまで言われると、片山も仕方なく、

「では……どうも図々しく妹まで……」

「コーヒー、もう一杯いただきましょ」

と、睦が会計を頼むと同時に注文した。

「──でも、内部告発して、あんなひどい目にあうなんて」

と、晴美は言った。「一家心中まで追いつめられて、どんなに辛かったでしょうね」

「内部告発すると、裏切り者って見られるんですよね」

と、睦は言った。「結局、日本のサラリーマンって、昔の侍のころと同じなんですよ」

「確かに」

と、片山は肯いて、「そういう精神って、十年や二十年じゃ変らない。いや、もしかすると百年、二百年でも……」

「あのとき一人だけ助かった女の子、いましたね」

と、睦が言った。

「浜中美咲ちゃん」

と、ちづるが言った。「どうしたんでしょうね。あの後……」

片山も、それに何の返事もできないことが辛かった……。

6　靴下の問題

「本当に……」

と、周りに誰かいるわけでもないのに、室田香代は同じグチを何度もくり返していた。

「親の気持も知らないで、佳子ったら」

――日曜日だった。

ゆうべ突然娘の佳子が言い出した「留学」の件が、香代を悩ませているのだった。

いや、香代だって、娘を海外留学させるほど余裕のある家庭だということで、いささか自慢したい気持はある。

それにしても……。

「一か月やそこらならともかく、二、三年だなんて……」

香代にとっては、まだ佳子はやっとオムツの取れたばかり――というのは大げさだが、小さな子供に過ぎないのである。

夫の室田雄作は、誰やらの接待でゴルフに出かけてしまった。

「本当に接待ゴルフなのかしら」

と、八つ当り気味に、一人コーヒーを飲みながら呟く。

専業主婦の香代だが、夫も娘も出かけてしまうと、こうしてぼんやりしてしまうことが多い。

「だめだわ、こんなことじゃ」

と、首を振って、「私も出かけようかしら。——海外旅行にでも?」

まさか、突然海外へ行くわけにもいかない。

居間の電話が鳴った。

「珍しいわね」

今は、ほとんどケータイで、家の電話にかかってくることはあまりない。

セールスか何か?

用心しながら出てみると、

「室田さんですか?」

と、女性の声。

「あの——どなたですか?」

と、香代が訊くと、相手は答えず、

「靴下のことで、お知らせしたいと思いまして」

と言った。

「靴下のこと？」

香代はわけが分らず、「靴下、とおっしゃったんですか？」

「はい。ご主人の靴下です。片方だけ失くなっていませんでしたか？」

香代は、ゆうべの夫とのやり取りを思い出した。その間に察したように、

「やはり思い当ることがおありなのですね」

と、向うが言った。

「それが一体――」

「失くなった片方は、殺された沼田晴江さんが握っていたんですよ」

香代は絶句した。

室田が沼田晴江という若い部下と浮気したことは、わざわざ知らせてくれた物好きがいたので、香代も知っている。

しかし、ちょうど浜中一家の心中事件が起って、夫と喧嘩するどころではなくなったので、香代は黙っていたのだ。そして、室田もその後は浮気している気配もなく、香代は安堵していた。

沼田晴江が殺されたことは、香代ももちろん知っていた。しかし、ニュースで事件を知ったときも、沼田晴江が夫の浮気相手だったことをしばらく思い出さなかった。

香代としては、夫の浮気を「過去のもの」と片付けることで、心安らかにいられたのだ……。

「意味はお分りですね」

と、その女は言った。「片方の靴下を、うまく処分なさることです」

「あなたは誰？　どうしてそんなことを知ってるの？」

と、香代は言ったが、

「もう手遅れかもしれませんけどね」

相手はそう言って、ちょっと笑うと、電話を切ってしまった。

「まさか……」

まだ受話器を手にしたまま、香代は呟いた。

まさか主人が？　人を殺した？

「そんなこと、あるわけないわ！」

夫のことはよく分っている。あの人に女を殺すなんてことができるはずはない。

でも——もし、本当に靴下の片方が、殺された女の手に握られていたとしたら……。

「あ……。ゆうべ、どうしたかしら？」

靴下が片方しかないわよ、と夫に言って、夫が、破れたから捨てたと……。

片方だけ残していても仕方ない、と言って……。

それで？——そう。佳子が階段を下りて来て、「留学したい」と言い出した。

その話にびっくりして、靴下のことなど、すっかり忘れてしまった。

「私、どうしただろ？」

もちろん、普通に考えたら、片方だけ取っておいても仕方ないのだから、捨ててしまうだろう。

しかし、どう考えても、香代には、靴下を捨てた記憶がないのである。

そのとき、玄関のチャイムが鳴った。

「誰かしら、こんなときに」

香代は玄関へと出て行って、ドア越しに、

「どなた？」

と、声をかけた。

こんな時間に客が来る予定はない。すると——。

「警察の者です」

「は……」

香代はわけが分らず、玄関を開けた。

男が二人、立っていた。ヒョロリと長身の一人と、がっしりした体格のもう一人。

「片山といいます。それと石津刑事です」

「あの、何か……」

「ご主人にお会いしたいのですが」

と、片山は言った。

「主人は……出かけています。ゴルフで」

「そうですか。——ちょっとお話を伺いたいのですが」

そう押し付けがましくないし、感じも良かった。香代は二人を居間へ通して、お茶をいれた。

「お構いなく」

と、片山は言った。「この写真を見て下さい」

香代はその写真を見たとたん、固まってしまった。

それは靴下の片方の写真だったのである。

片山は香代の様子を見て、

「心当りがおありですね」

と言った。「ご主人の靴下ですね」

「それは……分りません。男ものの靴下なんて、どれも同じようなものでしょ」

さりげなく言おうとして、香代の声は震えた。

「もう片方をお持ちですね」

と、片山は言った。

「さあ……。分りませんわ」

と、香代は言いながら、「それに、靴下のことをなぜ……」

「わけを知っているんですね。しかし、靴下のことは発表していないのに、どうして知ってるんですか？」

「知りません！　何も知りません！」

むきになって否定すれば、逆効果だということにも気付いていない。

「奥さん、殺された沼田晴江さんが、この靴下を握りしめていたんです。そのことをどうして――」

「知りません、そんなこと……」

と言いかけたとき、香代のケータイがテーブルの上で鳴った。

「ご主人ですか？」

「いえ……」

香代はケータイを手に取った。夫からだ。夢中だった。

「もしもし、あなた！」

と、ケータイに出ると、「警察の人が来てるのよ！　早く逃げて！」

と叫ぶように言った。

「おい、香代、何だって？」

室田にはよく聞こえなかったのだ。「誰が来てるって？」

しかし、香代は切ってしまった。

「奥さん……」

片山はため息をついて、「ご主人から聞いたんですね、沼田さんを殺したと」

「聞いてません！」

興奮していて、まともに話せない。

「ともかく、靴下を出して下さい」

と、片山が言うと、

「知りません、そんなもの」

「仕方ない。――洗濯機の中ですか、もしかして」

香代が青ざめた。――そうかもしれない、と思ったのだ。はっきりした記憶はなかったが。

「洗濯機はどこです？」

香代は立ち上ると、

「お風呂場の前です」

と、廊下へ出た。

洗濯機のふたを開けると、脱水した状態のままだ。

香代は手を入れて、洗濯したものを一つ一つほぐしていった。そして——。

靴下が二組出て来た。それから、片方だけが……。

「ありましたか」

と、片山が言った。

「いえ……。ありません」

香代はその靴下を手の中に丸めて握った。

「隠さないで下さい。いずれにしても、沼田さんが握っていた方を調べれば、ご主人のものかどうか、すぐ分りますよ」

「そんなこと……。主人じゃありません！」

と言うと——香代は片山たちへ背を向けた。

「奥さん。何もご主人を犯人だと決めてかかっているわけじゃありません。しかし、正直に話して下さらないと、こちらとしても——。奥さん、どうしたんですか？」

片山がびっくりして言った。

香代が突然喉を押えて、呻きながらよろけたのだ。片山は啞然として、

「靴下を呑み込んだんだ！　石津！　口の中から取り出せ！」

息ができなくなって、香代は顔を真赤にして倒れた。

「馬鹿なことを！　石津！　俺が押えてるから、口に指を入れて引張り出せ！」

てんやわんやだった……。

玄関を入って、室田佳子は、

「ただいま」

と、声をかけた。

いない？　――でも、玄関、鍵がかかってなかった。

「お母さん？」

と、佳子は居間を覗いた。

空っぽだ。――夕方になって、薄暗くなっていた。

「どこに行ったんだろ？」

と呟くと、ケータイが鳴った。「――お父さん？」

「佳子か。母さんは病院だ」

と、室田は言った。

「え？　どこか悪いの？」

「救急車で運ばれた。お前、様子を見に行ってくれ」

「でも……」

「母さんは靴下を呑み込んだらしいんだ」

佳子は言葉を失って立ちすくんだ。


何があったんだろう？

――病院の前でタクシーを降りると、佳子は、正面にTVカメラやマイクを手にした女性がいるのを見て、思った。

大方、芸能人でも、事故か何かで入院したんだろう。

今の佳子は、そんなことに構っていられなかった。母の香代が救急車でここへ運ばれたというのだから。

それにしても――どうして靴下なんか呑み込んだんだろう？

父、室田雄作は詳しいことを話してくれなかった。ただこの病院へ行け、と言っただけで……。

「あの……ちょっとすみません」

佳子は、マイクを手にした女性のそばを通り抜けようとして言った。

「あ！」

と、その女性が佳子を見て、「室田雄作さんの娘さんでしょ！」

佳子はびっくりした。

「ええ……」

「話を聞かせて！」

と、その女性は言うと、「カメラ！　ライト当てて！」

と指示した。

わけが分らない内に、佳子はカメラを向けられ、見たことのある女性リポーターにマイクを突きつけられることになってしまった。

「私、佐川睦。TVのニュース番組のリポーターをしてるの。見たことある？」

「ええ、たぶん……」

「良かった。じゃ、答えたくないことは答えなくていいからね」

「あの……」

これって何だろう？

佳子は、あの浜中一家の心中事件のとき、父がやはり取材陣に追い回されたことを思い出していた。でも、母が靴下を呑み込んだことと、一家心中と何かつながりがあるとも思えない……。

「お母様が靴下を呑み込んだと聞いたとき、どう思った？」

と訊かれて、

「あの……私、どういうことなのか、全く分らないんです」

と、佳子は言った。「母は大丈夫なんですか？　どうしてそんなことしたんですか？」

「あら、何も聞いてないの？」

と、佐川睦はびっくりしたように、「お父様の靴下の片方を、殺された沼田晴江さんが握りしめてたの。もう片方が、お宅の洗濯機に入ってて、お母様は刑事さんに見られないように呑み込んでしまったのよ」

佳子にとっては、一度に理解できない話だった。

「それで、母は今……」

「お母様がご主人をかばおうとして、とっさにそんなことをなさったのは、よく分るのよ。でも、ご主人が犯人だとしたら――」

「待って下さい！　父が人を殺した？」

「ええ。愛人だった沼田晴江さんをね。ご自分の部下だったのよ」

「でも……そんなこと……」

佳子はただ呆然とするばかりだった。

そのとき、

「やめて下さい！」

と、病院の中から出て来た片山が、佳子と睦の間に入った。「取材は待って下さい。佳子君は何も知らないんだから」

「あ、片山さん」

と、睦は方向転換して、「室田香代さんの具合はいかがですか?」

「今は落ちついています」

という片山の言葉に、佳子は、

「本当ですか!」

と、声を震わせて言った。

「ともかく、入って。――取材は後で」

「でも、私の独占にして下さいね!」

と、睦は片山の背中へと呼びかけた……。


「命に別状はない」

と、片山は、佳子と二人、エレベーターに乗ると言った。

「そうですか……。良かった」

「君、お父さんに言われて?」

「ええ。母が入院したって聞いて」

「お父さんはどこにいるとか、言ってなかった?」

「何も。――母が靴下を呑み込んだってことだけで」

と、佳子は言った。「あの――本当に父は……その女の人を殺したんでしょうか」

怯《おび》えた目で、片山を見る。

「それは分らない。だから、ちゃんと話を聞きたいんだ」

エレベーターを降りると、石津刑事が待っていた。

「片山さん、お医者さんが」

白衣の中年の医師が、難しい表情で立っていた。

「室田香代さんの娘さんです」

と、片山が言った。

「母は大丈夫ですよね」

と、佳子は言った。

「命に別状はないんだ」

と、医師が言った。「ただ、呑み込んだ靴下がずいぶん喉の奥に入り込んでいた」

「取り出すのに苦労しました」

と、片山が言った。

「よく取り出せたよ。しかし、その間、呼吸がほとんどできなかったので、脳に障害が出るかもしれない」

「え……」

佳子は真青になった。

「ともかく、まだ意識が戻らないんだ。このまま様子を見るしかない」

そう言って医師が行ってしまうと、佳子はよろけて倒れそうになった。

「おい！　しっかりしろよ」

石津が佳子を抱きかかえるようにして、廊下の長椅子に座らせた。

「お父さんに連絡取れないか？」

と、片山に言われて、佳子は父のケータイへかけたが、つながらなかった。

「――妙なんだ」

と、片山は首をかしげて、「靴下のことは、公表していない。それなのに、君のお母さんは知っていた。それに、あのＴＶのリポーターも」

どこから聞いたか、睦に訊ねたが、

「ニュースソースは明かせません」

と言われてしまった。

「誰かが知らせたんだ」

「誰かが……」

「うん。――その誰かは、殺された沼田晴江が、靴下の片方を握りしめていたことを知っていた」

と、片山は言った。「ということは……」

「香代さんに知らせたのが犯人ってことじゃないの?」

と、声がして、さらに、

「ニャー」

という声が。

「何だ来たのか」

「来ないじゃいられないでしょ」

と、晴美は言って、「ねえ、ホームズ」

「ニャー」

ホームズが晴美の足下から片山を見上げた。

「状況はそっちで聞いてたわ」

と、晴美は言った。「TV局に知らせたのが誰なのか——。佐川睦さんに訊きましょうよ」

「うん、しかし……」

「大丈夫よ。今ここに来るわ」

晴美はそう言って、エレベーターの方へ目をやった。

ちょうどそのとき、エレベーターの扉が開いて、当の佐川睦が現われた。

「ほらね」

と、晴美が言った。

佐川睦は、

「晴美さんのお話を聞いて。――ただ、局へ知らせて来たのを、私が取ったわけじゃないんです。スタッフの一人が電話に出たのだそうで。訊いてみましたが、もちろん名前は言わなかったと。ただ、女の声だったそうです」

「女か」

と、片山は呟いて、「誰か思い当る人はいないのかな」

「声だけじゃ、さっぱり……」

「録音はしてないんですね？」

「ええ。ちょっとした用事で、と言われて」

「ふしぎだな」

と、片山は首をかしげた。「殺された沼田晴江さんが、靴下の片方を握りしめてたことを知っていた。そして、そのことを、たぶん香代さんにも教えたんだろう。そして、香代さんが靴下を呑み込んで、ここへ運び込まれたことも……」

「ずいぶん素早いですね、確かに」

と、睦は言った。「でも――片山さん」

「何です？」

「このことを、明日の〈ニュースペース〉で取り上げることになってるんです。分って下さいね」

「まあ……やめてくれとは言えませんが……」

「お母さんのこと、あんまりひどく言わないで下さいね」

と、佳子が言った。

「もちろんよ！　香代さんは自分なりに必死で、ご主人を守ろうとしたんでしょう」

「佐川さん」

と、片山は言った。「室田雄作さんを犯人扱いしないで下さい。まだ容疑者とも何とも分ってないんですから」

「分りました。その辺のことはうまくぼかして放送します」

睦は早口にそう言うと、「じゃ、一旦引き上げます。——お母さん、早く意識が戻るといいわね」

「どうも……」

と、佳子が言っている内に、睦はエレベーターの方へと大股に歩いて行った。

「——せっかちだな、TVの人は」

と、片山は息をついて、「佳子君、もしお父さんから連絡があったら——」

「片山さんに連絡するように言います」

「そうしてくれるかい？　僕は真実を知りたいんだ」

「はい」

そのやりとりを聞いていたホームズが、佳子を見上げて、慰めるように、

「ニャーオ……」

と、穏やかな調子で鳴いた……。

7　啓示

「やめて……。お願い……」

　哀願する声は細かく震えていた。

　男は笑って、

「転り落ちる石を止めるのは無理ってもんだぜ」

と言った。「いくら叫んだって、誰も来やしないよ。諦めるんだな」

　男が近付くと、女は懸命に後ずさろうとするのだが、背中が壁にぶつかって、もう下がることもできない。

「やめて……。来ないで……」

「おとなしく、俺の言う通りにすりゃ、痛い思いをしなくてすむんだ。分ったな」

「ああ……。お願い……」

　女がすすり泣く。

　男は嬉しそうに笑って、

「俺は泣いてる女が大好きなんだ。いいぞ、もっと泣け。——もっとだ」

男が女を床へ押し倒す。そして女の上にのしかかって行く……。

「カット！」

と、監督の声が響いた。「OK！　良かった！」

今まで女の体の上にのしかかっていた男はパッと離れて、

「失礼しました！」

と、女の手を引いて立たせた。「痛くなかったですか？」

「ええ。もっと遠慮しないで、ガンガン来ていいのよ」

と、女優は言った。

「いや、とても恐れ多くて」

と、男の方は苦笑している。

場面としては、哀れ男のえじきになるのだが、女はこの映画の主演女優、男はセリフがあるのはこのシーンだけという端役《はやく》なのである。

「ご苦労さん」

と、監督が女優に言った。「これでほぼ半分のカットを撮り終えたよ」

「今のシーン、私のアップはいらないの？　怯えた表情、得意なんだけど」

「アップは、男に仕返しするシーンに取っておくことにしよう。凄《すご》みのある美貌が、うんと輝くよ」

「期待しているわ」

と、スターは言った。「さ、着替えましょ。今日は終りよね」

「ああ。明日は、ロケでファーストシーンの撮影だ」

「空港の外よね。明日は風が強くないといいけど。空港は風が吹くのよ」

「明日は曇りです」

と、助監督が言った。

「まだ自分で運転してるのかい?」

と、監督の大木《おおき》が訊いた。

「ええ」

コートを腕にかけて、刈谷京香《かりやきようか》は言った。「車を運転するのが、一番のストレス解消なの」

「それはいいけど、事故を起すなよ」

「大丈夫!　安全運転よ」

映画の主役をつとめている刈谷京香は、駐車場を横切って、自分のポルシェへと歩いて行った。

スタジオはもう夜なので、ほとんど車もいない。——明日はロケだ。

「どこかで夕飯にしましょ」

と呟きながら、車を出す。

力強いエンジン音。地面をしっかり捉えている走りが、京香は気に入っていた。

刈谷京香は今、三十八歳。

もちろん、今どきの芸能界では若くない。しかし十年以上、スターとして、映画、ドラマに主演して来て、その輝きはまだ衰えない。

実際、TVドラマでも、「母親役」が来ると、シナリオも読まず断っていた。

もちろん、分っている。いつか、母親役をやる日が来る。

そういう役そのものがいやなわけではなかった。ただ、やるなら自分から進んで作品を選びたかったのである。

今、大木監督で撮っている映画で、京香の役は三十一歳のOL。体力もあるし、スタイルからいっても、充分こなせる。

しかし——この次は？

「まだまだよ……」

そう呟くと、アクセルを踏んだ。一気に加速するこの感覚がすばらしい。

まだまだスピードが出る。車がそう言っているのだ。それは京香の思いと重なっていた。

住宅地で、車も少なく、夜少し遅くなると、人通りがほとんどなくなる。むろん制限速度はオーバーしているが、ほんの何秒かのことで、無謀はしない。

スピードを落としていたときで幸いだった。

住宅の間から、ライトの中にスッと自転車が出て来たのだ。

ブレーキを踏むと同時にハンドルを切った。自転車が倒れる音がした。

ポルシェはどこにもぶつけることなく、停った。

「ああ……」

全身で息をつく。——危なかった！

でも、当ててはいないはずだ。

京香は車を降りて、青ざめた。

自転車が倒れていて、その傍に女の子がうつ伏せになっていた。

「大丈夫？」

と、駆け寄って、京香は女の子を抱き起した。

車ではねてはいない。しかし、車をよけようとして、自転車から投げ出されたのだろう。

気を失っている。脈はしっかり打っていた。

頭でも打っていたら……。

見たところ、外傷はないようだった。

「どうしよう……」

ぶつけていなくても、自分の車のせいであることは確かだ。

といって……。

車で事故？　しかも十代の女の子を……。

京香は、これが下手をすればとんでもないスキャンダルになると分っていた。

何でもなければ……。そう、この子が、ただ気を失っているだけなら問題ない。

「そうだわ……」

こんなことが公になったら、今撮っている映画もどうなるか分らない。もう八割方撮影が終っているのだ。

「だめよ。今さらスキャンダルなんて……」

といって、放って行くわけにいかない。いや——このまま行ってしまったら？

誰も見ていなければ分るまい。

他人のことなら、「そんなの卑怯《ひきよう》だわ！」と怒るに違いないが、自分の身にふりかかった災難となると話は別だ。

そのとき、

「やあ……」

と、声がして、京香はハッとした。

サンダルをはいた中年の男が、その様子を見ていたのだ。

「あ……あの……この子、自転車が倒れて……。私がはねたわけじゃないんです」

わざわざそう言えば、逆に「はねた」と取られるだろう。

「大丈夫ですか？」

と、男はやって来ると、少女の方を覗き込んだ。

「気を失ってるだけだと思います。けがもしていないし……」

すると、男は、

「いや、偶然って、あるもんですね」

と言った。

「は？」

「この子、自分が誰か分らなくて」

「――何ですって？」

「うちで面倒みてたんですが、いい加減困ってたんです」

「この子……。お宅の……」

「うちの子じゃありません。たまたま……うちに置くことになったんです」

「それじゃ……」

「あなたは女優さんですね。この子の面倒をみるぐらいのお金はあるでしょう」

「どういう意味です？」

「この子をお任せします」

「え……。でも……」

京香は、思ってもみない成り行きに面食らっていた。

「いや、よろしくお願いしますよ。その子がどうなっても、私は何も言いませんから」

「それは――」

「もちろん、口止め料を払ってほしいなんて言ってるわけじゃありません」

その言い方は微妙にずる賢い印象を与えた。

しかし、今、この少女を放り出してはいけない。立ち話していると、車のライトが近付いて来るのが見えた。

京香はハッとした。女の子が倒れているのを見られたら、一一九番へ通報されてしまうかもしれない。

京香は男へ、

「手を貸して！」

と言った。

「分りました」

二人で、少女の体を抱え上げると、ポルシェの助手席に座らせる。

軽トラックが一台、通り過ぎて行った。

男は自転車を起すと、

「では、後はよろしく」

「待って。――あなた、お名前は？」

「いや、知らなくても。その子が気が付けば、憶えてるでしょう」

そう言うと、止める間もなく、男は自転車を引いて行ってしまった。

――京香はしばらく立ち尽くしていた。

今の出来事が、まるで一瞬の夢のように思えて……。しかし、ポルシェの助手席には、あの少女が眠っている。

「ともかく……どこか……」

そうか。もう自転車もないのだ。病院へ連れて行って検査を受けても、

「家の中で、階段から落ちて」

といった言いわけが通るだろう。

それでも、刈谷京香が連れて行ったとなると、やはりどこから話が洩《も》れるか分らない。

誰か他の人間に付いて行ってもらおう。

そう決心すると、京香は気持を切りかえて、急いで車に乗った。

少女にシートベルトをする。

「名前も聞かなかったわ……」

自分のことが分らない、とあの男は言っていたが……。

ともかく、家へ連れて行きましょう。

京香は車を出した。

スピードを抑えて、じっと前方を見つめながら、京香は慎重に運転して行った……。


「やれやれ……」

片山は翌朝、ゆっくり起きて来ると、TVをつけた。

「まさか……」

室田のことをやっていないかと心配だったのである。チャンネルを替えてみたが、どこもニュースではない。

まあ、室田を指名手配したわけでもない。大丈夫だろう。

顔を洗って、出かける仕度《したく》をしていると、ケータイが鳴った。晴美からだ。

「――もしもし。今日、どこかに出かけるんだったっけ？」

「呑気《のんき》なこと言ってないで！」

と、いつもの叱るような調子で、「TV、見てないの？」

「今出かける仕度を——」

「見てごらんなさいよ！」

言われて、あわててTVをつける。——いきなり、室田佳子が大写しになっていた。

マイクがいくつも突きつけられ、

「お父さんは人殺しなんかじゃありません！」

と、涙声で訴えている。

「参ったな……」

と、片山が呟くと、

「あの佐川さんって人に訊いてごらんなさいよ」

と、晴美が言った。

「俺が？」

「だって、お兄さんに気があるのよ、あの人」

「何だって？」

「いいの。女には分るのよ。ともかく、これじゃ佳子ちゃんが可哀そうだわ」

「分ったよ」

片山は急いで佐川睦のケータイへかけてみた。

「あ、片山さん」

「もしもし、あの――」

と、何か言うより早く、

「とんでもないことになってごめんなさい！　室田さんの奥さんが靴下を呑み込んじゃったってことを、ご近所の人が聞いてたそうで、他の局の人にしゃべっちゃったんです。それで、うちとしても取り上げないわけにはいかなくて……」

と、早口にまくし立てられて、片山は何も言えなかった。

「ともかく、〈ニュースペース〉としては、あくまで室田さんは関係者として扱ってますので。ご了解下さい」

「でも――」

「今後の扱いについて、二人で打合せしません？」

睦の口調が突然変った。「今夜、十二時にホテルSのバーでお待ちしてますので」

「だけど――」

切れてしまった。片山は呆気に取られていたが、「本当に気があるのか？」

「ニャー」

ホームズが呆れたように見上げていた。

片山は、チャンネルを替えてみた。

どこも、昼のワイドショーで、〈夫をかばうために、証拠の靴下を呑み込んだ妻!〉を大々的に取り上げていた。

確かに、「室田が犯人」とは言っていない。妻が勝手にそう思い込んだ、と説明している。

しかし、室田雄作の名前も出ているし、娘の佳子がカメラに追い回されている。

しかも……。

ワイドショーの居並ぶコメンテーターが、

「何も靴下呑まなくたってねえ……」

「お塩でもふってあったんですかね」

と言って大笑いしたり、「笑えるネタ」扱いしているのだ。

当人はまだ重体なのだ。しかも、高校生の娘一人残して、室田も姿をくらましている。

佳子にとって、母親の必死の行動が笑いのネタになっているのは、辛いだろう。

石津から電話がかかって来た。

「どうした?」

「馬場秋法の入院してる病院です、今」

「あの社長だな、頭を打った。具合はどうなんだ?」

「それより、草間広吉《こうきち》が保釈されたそうですよ」

「何だって？」

片山は思わず訊き返していた。

8　削除

「ああ……。畜生……」

何度この言葉を口にしたか。

しかし、いくら文句を言っても頭の傷の痛みが治まるわけではない。

それに、「保釈になった」と言われて、頭が痛いから、まだいるとは言えない。

外に出て、周囲を見回すと、自由になった実感があってホッとする。

「何か食うか……」

その辺で昼飯を食べるくらいの金は持っている。

もちろん、逮捕されたとき、上着に入っていた封筒の五十万は取り上げられていた。

そしてヘロインも。

誰がはめやがったんだ！

カッカすると、頭痛がひどくなりそうなので、あまり考えないようにして、ともかく安く上げようと目についた牛丼屋へ入った。

牛丼を一杯、アッという間に平らげてしまうと、少し落ちついた。

そして、初めて思った。

誰が保釈金を払ったんだろう？　もちろん文句をつける気はさらさらないが。

さて……。どうしよう。

草間は以前一度結婚していたが、自分の浮気で離婚。以来独身だ。

マンションへ一度戻ろう。他にのんびりできる所はない。

歩き出してすぐ、びっくりして、

「ワッ！」

と、声を上げてしまった。

ケータイが鳴り出したのだ。ケータイも返してもらっていたことを忘れていた。

「もしもし……」

と出てみると、少しして含み笑いが聞こえ、

「出て来られて良かったわね」

と、女の声が言った。

「誰だ？」

「忘れちゃった？　頭を殴られて、私のことが飛んでっちゃったかしら？」

草間は息を呑んだ。

「お前……〈ミッチ〉だな？　俺をこんな目にあわせやがって！」

「あら、出してあげたのに感謝してくれないの？」

「何言ってやがる！」

「体に悪いわよ、そう興奮すると」

と、〈ミッチ〉は言った。「車に乗って」

「何だと？」

「今、あなたのそばへ車が行くわ。それに乗って」

「どういう意味だ」

草間の方へ黒塗りの高級車がスッと寄って来て停った。

「どこへ行くんだ」

「乗れば、ちゃんと連れてってくれるわよ」

「何だと？　おい――」

切れてしまった。

車がじっと停っている。あの女、また俺をはめようとしてるのか？

しかし、今の草間は、どこへ連れて行かれても、失うものはない。

「いいだろう」

と呟くと、車の後部座席のドアを開けて乗り込んだ。

車は滑らかに走り出した。

――ドライバーは無言で、草間も話しかけなかった。

三十分ほどで、車は静かな住宅地へ入った。そして、気が付くと、周囲が暗くなって、ガレージの中に入っていた。

車が停る。

「――降りるのか」

と、草間は訊いたが、ドライバーは振り向きもしなかった。

車を出ると、目の前にエレベーターがある。これに乗れってことか？

ボタンを押すと扉が開き、最上階〈5〉のボタンに明りが点《つ》いている。

個人の住宅だろうが、五階まであるのか。

エレベーターはゆっくりと上昇し、五階に着いた。扉が開くと――。

「いらっしゃい」

〈ミッチ〉が立っていた。

「貴様――」

「怒る前に、お入りなさい。お待ちになってるわ」

「誰のことだ」

〈ミッチ〉は先に立って、廊下を進んで行った。――あのホステスを装っていたときと違い、ビジネスーツだ。

正面のドアを開けると、

「おいでになりました」

と、〈ミッチ〉は言った。

「ご苦労だった」

広い居間のソファに寛《くつろ》いでいるガウン姿の男を見ても、草間は驚かなかった。

確かに、こんな邸宅に住んでいるのは……。

「頭の方はどうだ」

と、〈B食品〉会長、馬場広太郎は言った。

「どうも……」

草間が会長に会うのは久しぶりだ。いや、以前は「会った」と言っても、挨拶しただけである。

「まだ痛みますが、何とか……」

「息子はまだ入院している。かなりひどく床にぶつけたようでね」

「それは……申し訳ありませんでした。しかし……」

「分っている。秋法の方も悪い。君を責めるつもりはない」

「そうですか」

少しホッとしたが、もともとどこまで本当のことを言っているのか……。

「何か飲むか」

と訊かれて、

「では……ウイスキーを」

〈ミッチ〉が、水割りを作って持って来た。

「――いい酒ですね」

と、息をつく。「それで会長……」

「まず訊こう」

と、馬場広太郎は言った。「人を殺す気はあるか」

そう。――問題はあのセリフだわ。

婚約までした相手の男が、やっと二十歳になったばかりの女の子を妊娠させてしまった。それを知ったヒロインは、

「責任を取る、なんて気持でその子と結婚するなんて、ひど過ぎるわよ。あなたが、そんなに思いやりのない人だったたなんて。――残念だわ」

と、男に正面から別れを告げる。

三十一歳のOL。仕事に打ち込み、二十代は恋の一つもして来なかった女……。

三十歳になって初めて知った恋。しかし、その相手は……。

あのセリフは、どういう気持で言えばいいのか。

本当に怒って、愛想が尽きているのか。いや、そう割り切れるはずがない。

身ごもった女の子を守ってやりたいと思いながら、同時にその子に嫉妬しているはずだ。でも、プライドの高いヒロインとしては、そんな思いを覗かせてはいけない。

あくまで、冷静に言うのだ。それでも、観る人はヒロインの気持を察してくれるだろう。わざとらしく演技しなくても……。

そうだ。あのセリフは、やはりきびきびと歯切れよく言うべきだ。割り切れない気持は表に出さずに。

そう心を決めると、ダイニングのテーブルで、刈谷京香はコーヒーを飲みながら、シナリオをめくった。

今日はどこまで撮れるだろうか？

そして——京香は、あの少女がダイニングの入口に立って、じっと自分を見ているのに気付いて、ギクリとした。

少女のことを忘れていたわけではない。しかし、今、京香は映画の世界に入り込んでいたのである。

「——目が覚めたの？」

見れば分ることを、わざわざ訊いたのは、落ちつくまでに、多少の時間が必要だったからで、「パジャマ、大き過ぎるわね」

少女が京香のダブダブのパジャマ姿でいるのは奇妙な感じだった。

何だか、まるで以前に見たことのある風景のようで……。

そう……。まるでこの女の子は……。

「おはようございます」

と、少女は頭を下げた。

「おはよう。どこか痛いところとか、ない？」

「別にどこも……」

「それならいいけど」

「ここ、どこですか？」

と、少女は訊いた。

「私のマンション。——何も憶えてない？」

「私、どうしてここへ来たんですか？」

と、少女は言ったが、同時にお腹がグーッと鳴った。

「お腹、空いてるのね」

と、京香はちょっと笑って、「何が食べたい？　冷凍ものばかりだけど、色々揃ってるわよ」

「すみません」

少女は恥ずかしそうに頰を染めて、「ご飯ものなら何でも……」

京香は、冷凍のピラフを温めて少女に出した。少女はパジャマのまま、アッという間に皿を空にした。

「お風呂に入るといいわ。バスタブ、大きいから、ゆったり手足を伸せるわよ」

難しい話は後回しにできて、京香もありがたかった。

少女も素直に、お風呂に入って、髪も洗って、ゆっくり出て来た。

「さっぱりしたわね」

と、京香は言った。「何か甘いもの、食べない？　いただきもののクッキーがあるの。予約しないと手に入らないのよ」

少女に、とりあえずガウンを着せて、居間で紅茶とクッキーのティータイムにした。

「あなたが、道端に倒れていたのよ」

と、京香は説明した。「どうしたのか分らなかったけど、傷もないみたいだし、一応このマンションに運んで来たの」

少女は肯いたが、京香としては、自分が事故を起したとは言いたくない。

「病院で検査してもらった方がいいかしらね。でも、私はちょっと忙しくて、付いて行ってあげられないの」

「大丈夫です。どこも痛くないし……」

「そう？　でも、自分のことが――」

「思い出せないのは、前からだと思います。でも、どうしてなのかは分りませんけど」

と、少女は言って、「あの――お一人で住んでらっしゃるんですか？」

「ええ、そうなの」

「あの……何か思い出すまで、ここに置いていただいてもいいでしょうか」

「もちろんよ。でも――たぶん、あなた、十六、七よね。学校とか、お家の人とか……」

「誰も私のこと、捜してないみたいなんです」

「そう……。まあ、いつまでも、ってことはないでしょうから、ともかく差し当っては
ここにいたら？　着るものがいるわね。これから買いに行かない？　近くのスーパーで、
普段着るものは買えると思うわ」

「でも、私、お金を……」

「心配しないで、あなた一人分の食費や生活費くらいは大丈夫」

「あのテーブルに置いてあったの、映画のシナリオですか？」

「ええ。よく分ったわね」

「やっぱり女優さんなんですね。きれいな人だな、と思いました」

「まあ、ありがとう。私、刈谷京香というの、一応、映画の主役をやってる」

「すてきですね！」

と、少女がごく自然に微笑んだ。

その笑顔を見たとき、思いがけず京香の胸がしめつけられるように痛んだ。

この笑顔！　まるで……そう、あの子のようだ。

「お世話になります」

と、少女は頭を下げた。

「ええ、構わないのよ、一向に。あなたのことは親戚の子と言っておくわ」

と、京香は言って、「でも、名前がないと困るわね。姓は刈谷にしても、名は……」

「どうかしら、〈恵《めぐみ》〉って、一文字で。憶えやすいでしょ」

少しためらってから、

「ええ、それでいいです」

「気に入った？　まあ、一時的なことだからね」

恵……。そう、この子は〈恵〉って呼ばれるのがふさわしい。

「——さあ、出かけましょう」

と、京香は立ち上った。「夕方には、撮影所に行かなきゃいけないの」

「はい」

と、少女——とりあえず、恵——も立ち上った……。

インタホンが鳴って、小さな画面に、髪を短く切った女性が映った。

「——京香さん」

と、恵は呼びに行った。「誰かが下に……」

「ああ、真弓《まゆみ》ちゃんだわ、きっと」

鏡の前で支度していた京香はそう言って、「髪を短くした女の人ね？」

「ええ、そうみたいです」

「マネージャーなの、私の。付き人も兼ねてるけどね」

京香は姿見で服装をチェックすると、「行くわ。——帰りはたぶん遅くなるけど」

「はい」

バッグをつかんで玄関へ出た京香は、

「そうだわ。真弓ちゃんには会っといた方がいいわね」

と、恵の方を振り向いて、「一緒に来て」

恵は、京香と一緒にマンションのロビーへと下りて行った。

ジーンズの、動きやすい格好の女性が、

「お迎えに、って珍しいですね。ポルシェが故障でも？」

と言った。

「ちょっと二日酔なの。——ああ、この子、遠縁の子でね、刈谷恵っていうの。しばらく私の所に」

「恵です」

と、一礼する。

「まあ、どうも」

マネージャーの真弓は、ちょっとびっくりした様子で、「可愛いですね。さすがに京香さんの親戚」

お世辞と分っていても、恵はつい微笑んでいた。——着ているもののせいもあるだろう。

午後、時間をかけて京香が選んでくれた。

「似てる？」

「ええ、笑顔とか、よく似てますよ」

と、真弓は言った。「じゃ、出かけます？」

「ええ。今日は割と楽なシーンね」

「分りませんよ。大木さん、粘りますからね」

「じゃあ──恵ちゃん」

「行ってらっしゃい」

マンションの玄関を出ようとして、京香はふと足を止めると、

「──恵ちゃん、撮影所を覗いてみる？」

と言った。

外は暗くなりかけていた。

日の落ちるのが早い。そんな季節になっていた。

あの春の日から、もう何日たっただろう……。

マネージャーの真弓の運転するワゴン車に乗って、恵──いや、浜中美咲は、ずっと窓の外へ目を向けていた。

私は恵。今は刈谷恵。

京香は隣のシートで、シナリオをめくっている。その真剣な眼差しは、プロを感じさせるものだった。

ごめんなさいね。──あなたはとてもいい人なのに、私はあなたを騙している。

でも、しかたない。私にはやらなければいけないことがあって、そのためには、時間とお金が必要なのだ。

美咲は、栗林の車にはねられて、一時的に記憶を失ったが、それは数週間で戻った。

しかし、浜中美咲と名のることはできなかった。まだマスコミが、浜中一家の心中をニュースで流しており、美咲一人が生き残ったことも報じていたからだ。

しかし、栗林も、妻の信子も、新聞も読まなければ、TVもニュースはほとんど見ないという夫婦だったから、美咲がどこの誰なのか、全く知らなかった。

しかし、栗林の家では、いつまでも美咲を「親戚の子」として置いておくわけにいかなかった。

それは――美咲としては、複雑な気持だったが――夫婦二人の生活に、突然十六歳の女の子が入りこんだことの波紋だった。

風呂上りなどの美咲に向ける栗林の視線は、ときどきではあったが、明らかに「男の目」になって、そのことに、信子も気付いていた。

美咲は栗林の家に居づらくなっていたのだ。

そんなときだった。近くに買物に出た美咲は、目をひくポルシェで颯爽《さっそう》と帰って行く刈谷京香を見かけたのだ。それが人気スターだということは、通りかかった奥さんたちの話を耳にして分った。

人気スター。――自分で運転する車で事故を起したら、何とかして隠そうとするだろう。いや、本当の事故では、栗林のときのように幸運でいられるとは限らない。

事故というほどでなくても、スターが美咲を引き取ってくれる程度には、何かが起らなくてはならない。

美咲は、信子が使っている自転車を借りることにした。そして、刈谷京香の所に世話になるつもりだと話した。

栗林も信子も、美咲がいなくなることにホッとして、協力してくれた。

そして――うまく行った。

刈谷京香の所になら、しばらく居ついても迷惑にならないだろう。

それに、京香はもともと一人暮しで、当然仕事で家を空ける。美咲はかなり自由に動くことができるだろう。

そうだ。――美咲は、いい機会がやって来たのだと思った。これは一人生き残った私に与えられたチャンスなのだ。

あのとき、トイレの鏡に書いたように、私は両親や弟を殺した連中を決して許さない！　時間はある。

必ず、必ずあいつらの一人一人に仕返ししてやるのだ。

「――どうしたの？」

京香から心配した様子で声をかけられ、美咲はハッと我に返った。

「あ……。ちょっとボーッとしてて……」

「大丈夫？　今、凄く怖い顔してたわよ」

「そうですか？」

ヒヤッとする。さすが、女優の目は鋭い。

「頭でも痛いのかと思って……」

「いえ、何ともないです。ただ……」

と、美咲は少し迷ってから、「外の暗闇を見ていると、私って、どんな女の子なんだろう、って考えちゃって……」

「そう。でも焦らない方がいいわよ。きっと、その内何もかも思い出せるわ」

何もかも……。

そう。何もかも始末をつけたとき、私はどうなっているだろう？

そのとき、京香が言った。

「もう着くわよ、撮影所に」

車がカーブして、門の中へと入って行った……。

9 変化

病院の玄関を入ろうとして、片山の足下にいたホームズが、

「ニャー」

と、明るい声で鳴いた。

「あ……。片山さん」

タクシーを降りて、玄関へやって来たのは、〈B食品〉の川崎ちづるだった。

「やあ、どうも」

と、片山は言った。

「どうも……。ホームズ、今日は」

「ニャン」

ちづるがかがみ込んで手を出すと、ホームズも前肢《まえあし》で握手をした。

「――室田さんの奥さん、大変なことに……」

と、病院の中へ入って、ちづるは言った。

「ええ。でも、少しずつ回復してはいるようです」

「それなら良かったわ……。ご主人のためでも、靴下を呑み込むなんて……」

「そのことばかりがTVで取り上げられて、娘さんが可哀そうです」

「ええ、本当に」

「室田さんが、本当に沼田晴江さんを殺したかどうかはともかく、自分から出頭してくれるといいんですがね」

と、片山は言った。「ところで、この病院には……」

「はあ」

川崎ちづるはため息をついて、「社長のご用を承りに……」

「馬場秋法さんの？　しかし、あなたは〈B食品〉の受付で、秘書ではないんでしょう？」

「そうなんです！　でも――社長の秘書って、私よりずっと先輩なんで、『私たちは忙しいんだから、あんたが代りに行きなさい！』って。社長が色々無茶を言うもんですから、みんな逃げてるんです」

「大変ですね」

片山はエレベーターのボタンを押した。

「ともかく、普段でも、勝手でしたい放題ですから、今みたいに具合悪くて入院されてると、もう……」

「今日は僕も秋法さんに会いに来たんです。一緒に話すようにしましょう」

「本当ですか？　良かった！」

と、ちづるは胸に手を当てて、「何しろ、病院の食事がまずいから、高級料亭の弁当を持って来いとか言って……」

「大変な患者だな」

「そういう命令だけならともかく……」

と、ちづるが口ごもった。

「どうしたんです？」

「昨日は、『服を脱いで、裸を見せろ』なんて……」

「ひどい話だな」

と、片山は顔をしかめた。

「『俺はこんなに何日も女を抱かなかったことがないんだ』っておっしゃって……。でも、ちょうど看護師さんが入って来たので、逃げ出したんですけど」

「今日は刑事がついてますよ。大丈夫」

「はい！　心強いです」

そこへ、ホームズも「ニャー」と応援した。

エレベーターを降りると、ちづるはナースステーションへ寄って、

「お世話になります。〈B食品〉の者です」

窓口にいた看護師は、ちづるを見て、

「ああ……。ご苦労さま」

と言ったが、何となくふしぎな目で眺めて、「馬場秋法さんですね」

「はい。あの——具合でも……」

「いえ、そうじゃないけど……」

と、どう言っていいか分らない、という様子で、「うーん、ちょっとびっくりすると思うけど、覚悟して」

そう聞いただけで、ちづるは顔がこわばってしまった。

「——何でしょう？」

「ともかく、行きましょう」

と、片山が促した。

馬場秋法の病室は、もちろん一番広い個室。——ちづるは、ドアの前で呼吸を整えて、

「失礼します……」

と、こわごわドアを開けた。

「——はい？」

奥のベッドで、馬場秋法が顔をドアの方へ向けた。

「お邪魔いたします」

と、ちづるは言った。「川崎です。社長のご用を伺いに……」

そして、ちづるの後から片山とホームズも病室の中へ入って行った。

「警視庁の者です」

と、片山は言った。「差し支えなければ、ちょっとお話ししたいのですが……」

秋法は、何だか少しぼんやりした様子で、ちづるたちを見ていたが、ちづるが、

「お加減はいかがですか。社員、みんな心配しております」

と、ベッドのそばへ行って、「ご注文の和菓子です。開店と同時に入ったのですが、三つしか買えませんでした。申し訳ありません！」

何やってたんだ！　そう怒鳴られるのを覚悟していると――。

「それはどうも」

と、秋法が言った。「忙しいのに悪かったね」

ちづるは耳を疑って、

「は？」

と、目を見開いた。

「君は……確か受付の子だね」

「そうです」

「わざわざお菓子を買いに行ってくれたのか。親切にありがとう」

「いえ……。そんなこと……」

ちづるが呆気に取られている。

片山は、秋法がいかにも穏やかな表情になっていて、ちづるを見る目もやさしいことに気付いていた。

これって、どういうことだ？

「あの……お茶を淹《い》れましょうか」

と、ちづるが言うと、

「じゃあ、そちらの刑事さんにも出してあげてくれ。頼むよ」

「かしこまりました」

ちづるが、面食らいながら、ポットを手に出て行った。

片山がちょっと咳払いして、草間が保釈になったことを告げた。

「そうですか」

と、秋法は言った。「草間君もけがしてたんじゃないですか？」

「あなたの首を絞めるのを止めるために、居合せた刑事が、荒っぽいことを……」

「もう大丈夫なんですか？」

「まあ……すっかり元気というわけではなかったようですが」

「草間君が怒ったのも無理はない。ただ、僕は彼に何もしなかったのです。彼は勘違いしていたようで……」

おっとりした口調で、「保釈のことは今初めて知りました。ともかく出られて良かった」

「怒ってないんですか？」

「まあ、起ってしまったことは仕方ありませんよ。僕も、幸いそうひどい傷でもないようですから」

秋法は至って真面目に話しているようだ。

「そうですか。実は今日伺ったのは――」

と、片山はベッドのそばの椅子にかけて、「〈B食品〉の社員の、沼田晴江さんが殺されたことはご存知ですか」

と訊いた。

しかし、秋法は片山の足下にちょこんと座っているホームズを見付けると、

「やあ！　こんな所に猫が？」

と、嬉しそうに声を上げて、「この三毛猫、刑事さんの猫ですか？」

「ええ。ときどき助手として連れて歩くんです」

「いや、頭の良さそうな猫ちゃんですね！　名前は……」

「ホームズといいます」

「名探偵ホームズ？　刑事さんの飼い猫としては最高にぴったりの名ですね」

「どうも……」

「ホームズ君……どうぞよろしく。おっと、この三毛はメスですね？」

「ニャー」

ホームズがフワリとベッドの上に飛び上り、秋法のそばに寄った。

「こいつは嬉しい！　触っても？　やあ、何て毛並がいいんだ！」

と、ホームズの体をそっと撫《な》でている。

ホームズも、じっとされるままになっているのである。少しして、

「失礼。何のお話でしたっけ？」

「沼田晴江さんのことで……」

「あ、そうそう。殺されたんですね。可哀そうに」

「彼女と関係があった、部長の室田雄作を捜しています。あなたはそのことを知っていましたか？」

「聞いたことはあります。でも、長い付合いじゃなかったような」

「あなたは個人的に、沼田晴江さんと……」

「いいえ。でも……」

と言いかけて、秋法はしばらく考え込んでいたが、「——たぶん、個人的には知らなかったと思いますが……」

「分らないんですか？」

「どうも、このところ、記憶がはっきりしなくて……」

と、秋法はため息をついて、「何だか、頭の中がボーッとして、霧がかかったようになったりするんです」

「医者に話しましたか？」

「たぶん……話したと思います」

そこへ、川崎ちづるが、お茶を淹れて運んで来た。

「社長、遅くなりました」

と、ちづるがベッドのわきのテーブルにお茶を置く。

「ありがとう」

と、秋法は言ってから、ちづるをじっと見て、「——君、誰だっけ？」

「脳の傷？」

と、片山は言った。

「ええ」

と、中年の医師は肯いて、「看護師たちから、馬場秋法さんの様子が急に変ってしまって、気持悪い、という声がありましてね。外傷はほとんど治っているのですが、念のためと思い、MRIを撮ってみたのです」

「それで……」

「初めは何ともないように見えました。でもよく見ると、額を床に思い切りぶつけたときにできたと思われる、小さな傷が見付かったのです」

「では、そのせいで……」

「おそらく。他にああまで性格が変ってしまう原因は考えられません」

と、医師は言った。

「でも、記憶がはっきりしないと……」

と、ちづるが言った。

「ええ。あの部分はとても微妙でしてね。少しずつ記憶を失っていく可能性がありま
す」

「まあ……」

ちづるは呆然として、「でも――その傷を治せば、記憶は戻るんでしょう?」

医師は首を振って、

「一旦、脳の一部が死んでしまったわけですから、治すことはできません」

「じゃあ……あのまま？」

「記憶がどうなるか、様子をみるしかないんです」

片山とちづるは顔を見合せた。

医師は片山に向いて、

「刑事さんですね。馬場秋法さんの容態について、あの人の父親に話してもらえませんか」

「会長のことですか？」

と、ちづるが言った。

「そうです。お話ししようと思って、連絡しているのですが、さっぱり……」

と、医師は肩をすくめた。

「父親なのに？」

と、片山は呆れて言った。「息子の容態が心配じゃないんでしょうか」

「私もそう訊きたいですね」

と、医師は大真面目に肯いた……。

10　仮住い

同じ日に、同じようなことが起る。——そんなことがあるものだ。

別の病院の入口で、片山と川崎ちづるは足を止めた。

「あら、克代さん」

ちづると一緒に気を失った、〈K生命〉の須藤克代とバッタリ出会ったのである。

「まあ、どうも……」

克代は鞄《かばん》をさげていた。「片山さんも……室田さんの奥さんのことで？」

「ええ。どんな様子か気になってね」

と、片山は言った。

「お二人で、デートだったんですか？」

と、克代は訊いた。

「違いますよ」

と、川崎ちづるが、社長の入院先へ行って、そこから片山について来たのだと説明した。

「克代さん、どうして？」

と、ちづるが訊く。

「仕事です」

「保険の？」

「ええ」

と、克代は肯いて、「室田さん、私のお客なんです」

「へえ」

「それで沼田晴江さんも、きっと私のこと、呼んだんです」

「ああ、そうか。——でも、今日は？」

と、片山が中へ入りながら訊いた。

「実は、呼ばれたわけじゃありません」

と、克代は言った。「でもTVのワイドショーとか見てると……。娘さんが気の毒で」

「確かにね」

「室田さんの入ってる保険、家族の方も、けがや病気で入院すると、お金が出るんです。娘さん、そんなこと思いもしないでしょうけど、私から説明してあげたら、と思って」

「それはいいですね」

片山はエレベーターに乗って、「佳子ちゃんといったな。お母さんは入院してるし、お父さんは姿をくらましてるし……」

「室田さんが殺人犯なんですか？」

と、克代が言った。「とてもそんなことしそうに見えませんけど」

「ともかく逃げているのはまずいです。やっていないのなら、ちゃんと出頭して――」

エレベーターの扉が開くと、目の前に看護師が立っていて、片山たちへ、いきなり、

「女の子、見ませんでしたか？」

と訊いた。

「女の子？」

「あ、刑事さんですよね」

「ええ。女の子って――」

「あの患者さんの娘さんです！　病室から飛び出して行っちゃったんです」

「何があったんですか？」

と、片山が訊くと、足下でホームズが、

「ニャー」

と、怒ったように鳴いた。

「そうか。話は後で、どこへ行ったか……」

「『死んでやる！』って言って、飛び出して行ったんです」

「自殺？　しかし――」

片山はホームズが天井の方へ目をやっているのに気付いた。

「屋上か！　この病棟、屋上へ出られますか？」

「出るには出られますが……」

「行ってみましょう」

片山はエレベーターのボタンを押した。


「出るには出られますが……」

と言った看護師の言葉の意味が、片山にも分った。

屋上へ出てみると、そこは入院患者の洗濯物やシーツを干すように、いくつもバーが渡してあった。そして、周囲には手すりが当然あるが、それだけでなく、高さ二メートル以上の金網が手すりの外側に張られていた。

「前に飛び下りがあって」

と、看護師が言った。「それで、防止のために金網を張ったんです。まずよじ上れません」

「確かに。しかし、佳子ちゃんはそんなことを知らずに上って来たかもしれない」

「じゃ、どこへ行ったんでしょうね」

と、克代が言った。

「うーん……」

屋上は本来ずっと見渡せるはずだが、シーツや掛け布団など、いくつも干してあって、視界が遮《さえぎ》られている。

「ホームズ、捜せるか？」

と、片山が声をかけると、ホームズは風に揺れるシーツの下をくぐって行った。

そして――。

「ニャー」

と、高らかに鳴いて、

「だめだよ、せっかく隠れてるのに」

と、声がした。

干したシーツのかげに隠れていた佳子はしかめっ面で出て来ると、

「飛び下りる所、ないの？」

と言った。

「どうしてそんなこと……」

と、片山が訊く。「もちろん君が今、大変な状況にいることは分っているけどね」

「分りっこないよ！」

と、佳子が言い返した。「お母さんはあんなみっともないことして入院するし、お父さんは逃げ回ってるし。私、学校にだって行けやしない！」

「落ちついて」

と、片山は言った。

「だって——病室の中にまで、TVの人が入って来るんだよ」

「本当？」

と、看護師がびっくりして、「そんなこと……」

「看護師の格好して入って来たんだ」

「ひどいな、それは……」

と、片山がため息をついて、「よし、僕がTV局に厳重に抗議するから。大丈夫、二度とそんなことはさせない」

佳子は、見付かってしまって、渋々病室へ戻ることになった。

「——どうしたのかしら」

看護師が、ナースステーションに人だかりがしているのを見て、駆けつけた。「何かあったの？」

「聞いて下さいよ！」

と、若い看護師が憤然として、「この人、私たちの制服盗んで、室田香代さんの病室に入り込んだんです！」

「盗んだんじゃないわ。借りただけよ」

と言い返した女を見て、克代がびっくりした。

「まあ！　睦さん！」

Sテレビの佐川睦だったのである。

「あら、片山さん」

と、睦はニッコリ笑って、「お元気？」

「あのね――」

と、片山が言いかけると、睦はかぶせるように、

「私、こちらの片山刑事さんとはとても親しいんです。一一〇番してもむだですよ」

「やめて下さい！」

と、片山もさすがに腹が立って、「勝手に病室へ入ったりして、恥ずかしくないんですか！」

「片山さん……。そんなに怒らなくたって。私だって、こんなこと、したくなかったわ。でも、キャスターの蔵本さんに言われると、いやとは言えないんです。私、しがないOLなんですもの……」

と、出てもいない涙を拭うふりをする。

「ともかく、処置は後で連絡します。ちゃんとその看護師の制服、洗って返しなさい」

と、片山は言いつけた。

「はい、確かに。どうもお邪魔しました」

睦は平然と一礼すると、「ちょっと着替える所、ありません？」


「私が馬鹿なことをしたばっかりに……」

と、室田香代が力なく言った。

「でも、すっかり良くなったみたいですね」

と、片山は言った。「安心しました。靴下を取り出すのに、石津がちょっと手荒くしたので」

「いえ、おかげで無事に……。あのままだったら、窒息してた、とお医者様に言われました」

「それで、ご主人の行方なんですが……」

「一向に連絡もないようで……。佳子に苦労させてしまって……」

「本当だよ」

と、佳子はむくれている。「生活が元に戻ったら、私、一生留学してやる」

「まあ……」

「でも……」

と、佳子はちょっと目を伏せて、「浜中さんの娘さんは、私と同い年だけど、留学どころじゃないんだ」

「佳子……」

「私が浜中さんの娘だったら、同い年の私が海外留学するなんて話、聞いたら殺してるな」

「君のせいじゃないよ」

と、片山が言った。

「ニャー」

「ホームズもそう言ってる」

佳子はちょっと笑って、

「ありがとう、ホームズ」

と言った。「でも、お父さんのしたことだって、私がそのおかげでいい生活できてるんだもの」

親のしたことで自分を責めている。佳子に、片山は何も言ってやることができなかった……。

そこへ、

「あ、いたのね」

と、病室へ入って来たのは、晴美だった。「何かあったの？」

「ニャー」

いくらホームズでも、事情を説明するわけにはいかない。

片山が、佐川睦の変装騒ぎのことを話すと、「ひどい話ね。佳子ちゃんも、一人で自宅にいたら、またどんな人がどんな格好でやって来るか分らないわ」

と、晴美は言って、「何なら、うちにいらっしゃいよ」

「え？」

と、佳子が目をパチクリさせて、「片山さんのお宅に？」

「『お宅』とは言えないアパートだけど、あなた一人ぐらいなら、大丈夫よ」

「おい……」

と、片山は言いかけたが、

「じゃ、ぜひ！」

と、佳子が頭を下げ、ホームズが「ニャー」と鳴いて、事は決ってしまったのだった……。

「おい」

と、大木監督が言った。「あれは誰なんだ？」

「は？」

助監督が、また何か叱られるのかとギョッとして、

「誰か目ざわりなのがいましたか？」

「いや、あの、隅に立ってる女の子だ」

撮影所のスタジオは、全体に薄暗い。必要なときに、必要な場所にライトが当ればいいわけで、余計な電気代は使いたくないのである。

「すみません！　すぐ外へ出るように言います！」

と、助監督が駆け出しそうになるのを、

「おい！　何も追い出せと言ってるわけじゃない」

と、大木が止めて、「ただ、誰なんだ、と訊いてるだけだ」

「はあ……。ちょっと分りませんが」

睡眠二、三時間で働いている助監督は、仕事以外のことに頭が回らない。

「それならいい」

面倒くさくなった大木は、スタスタとその少女の方へと歩いて行った。

自分で訊けばいいのだが、そばに助監督がいると、つい言いたくなってしまう。

「——やあ」

と、大木が声をかけると、少女はゆっくりと振り向いた。

「よくここに立ってるね」

と、大木は続けた。「君はどこの……」

大方、役者志望の女の子だろうと思ったのだ。

「お邪魔ですか」

と、少女は訊き返した。「お邪魔なら、外へ出ていますけど」

「いや、そうじゃないよ」

と、大木は急いで言った。「ただ——どこの子なのかと思ってね」

少女はどこかふしぎに大人びた目で大木を見つめると、

「私、刈谷恵といいます」

「刈谷？　それじゃ……」

「刈谷京香さんの親戚で、今、京香さんの所でお世話になっています」

少しも照れたり遠慮がちなところのない、淡々とした口調だった。

「何だ、そうだったのか！　京香もひと言言ってくれればいいのに」

「京香さんは、撮影所に入ると、他のことは一切忘れてしまうんだそうです」

「まあ、確かにね。それだけいい女優ってことだ」

と、大木は肯いて、「京香の親戚ね。――うん、確かに全体の印象がよく似ている」

「そうですか？」

と、少女は特別嬉しくもなさそうに言って、「いつも、撮影って、夜中までかかるんですか？」

「そういうわけでもないがね。スケジュールが少し遅れていて……。君はいくつ？」

「十六です」

「十六か……。十六にしては落ちついてるね」

「ただ、ぼんやりしてるだけです」

と、刈谷恵が言うと、大木が笑った。

そこへ、

「あ、監督」

と、京香がやって来ると、「恵ちゃんに何かご用ですか？」

「おい、ひと言紹介しといてくれよ。どこの新人スターかと思った」

「まあ。だめですよ。恵ちゃんは、こんなヤクザな世界には入れません」

「スターがそう言うのか？」

と、大木は苦笑して、「しかし、当人はじっと撮影を眺めてる。関心がないこともないんじゃないか？」

「さあ、どうでしょう。「ともかく今はただの見物人です」

と、京香は恵の肩に手をかけて、「今夜はそう遅くならないと思うわよ」

「大丈夫です。見てるの、楽しいし」

「そう？　じゃ、後でね。——監督、次のシーンなんですけど」

京香は、大木を促してセットの方へと戻って行った。

——それを見送って、恵は、いや浜中美咲は思った。

私って、可愛いのかしら？

たぶんそうなのだろう。今の、あの大木という監督の視線には、はっきりと美咲のことを「可愛い子だ」と見ている気持が感じられた。

刈谷京香というスターの住いに置いてもらったことで、美咲は自分がもう一つ武器を手に入れたのだと知った。それは美人女優の親戚で、可愛い十六歳の女の子だということ。

これは、〈B食品〉に復讐する上で、何かの役に立つかもしれない。

美咲は、あの監督に近付いておこうと思った……。

11　情報

片山はアパートから五、六分の喫茶店に入っていた。

「コーヒー、もう一杯どうですか？」

と、人の好《よ》さそうなオーナーが声をかけてくれる。

「え？　いや……」

「どうせ淹《い》れたんで、余らしてもね。サービスですから」

そう言われると、断るのも悪い気がして、

「じゃあ……。すみませんね」

と、片山は言った。

「いえ、そんなこと。——片山刑事さんですね。妹さんと三毛猫が前にご一緒に」

「はあ。ちょっと時間つぶしに」

と言ってから、「いや、もちろん、ここのコーヒーがおいしいから寄るんですけどね」

と、あわてて付け加えた。

「うちみたいな、昔ながらの喫茶店が、このところまた人気みたいなんですよ」

と、オーナーが言った。「一時はお客が減って、もともと赤字でやってたんですが、さすがに店を閉めようかと思ってたんです」

「そうですか」

「でも、ここんとこ、以前のお客が戻って来てくれましてね。それに、結構若い人も。女子高校生なんかが、却《かえ》って珍しいのか、連れ立って来たりします」

うちにも一人いますが、と片山は心の中で呟いた。おかげで真直ぐ帰れない。

室田佳子が片山たちのアパートへ早々と引越して来た。

佳子も、晴美やホームズと一緒で楽しそうで、それは良かったのだが……。

一度、片山がアパートに帰ると、風呂上りの佳子がバスタオル一つで立っていて、晴美に、

「廊下へ出てて!」

と、追い出されてしまった。

以来、帰り途中で電話を入れ、

「今、佳子ちゃん、お風呂だから、あと十五分してから帰って来て」

と、指示を受けることになった……。

さっき「あと二十分」と言ってて、もう二十五分たった。今出れば大丈夫だろう。

それでも、せっかく出してくれたコーヒーを、ちゃんと飲まなきゃ、とミルクを入れていると、ケータイが鳴った。

入浴時間の延長かな？

「片山さん？　良かった！」

「ああ……」

佐川睦だった。

「この間はごめんなさい」

と、睦は言った。「局に戻ったら、蔵本さんに叱られちゃった。『誰もそんなことまでしろとは言ってない！』ですって。でも、『何としてでも、インタビューして来い！』って言ったのに」

「それはご苦労さま」

「あの、この前のお誘いは断られたけど、今夜はいかが？」

「もうアパートへ帰るところなんですよ」

と、片山は言った。「じゃ、失礼します」

と切ろうとすると、

「待って！　ちょっと待って！」

と、睦があわてて言った。「ただお誘いしてるんじゃないの。片山さんにお話ししたいことがあって」

「今、聞きますよ」

「電話じゃ話せない」

「それなら、明日にでもお会いしましょう」

「あのね——浜中美咲ちゃんって、憶えてるでしょ」

片山はちょっと戸惑った。

「もちろん。あの一家心中した——」

「ええ、一人だけ生き残ったっていう子」

「その子がどうかしたんですか？」

「生きてるの、その子。たぶん居場所も分ると思うわ」

「しかし——どうしてあなたが？」

「TV局って、色々情報が入ってくる所なんです」

と、睦は言った。「お分りでしょ？　今は、誰でもスマホで動画を撮って投稿してくるの」

「それで、どうして浜中美咲のことが？」

「そのこと、ちゃんと話したいの。これから来て下さらない？」

片山はため息をついた。果して本当なのかどうか。

しかし、浜中美咲のこととなれば、無視しているわけにはいかない。

「分りました。どこへ行けば?」

「ありがとう!」

睦の声は弾んでいた。「私、まだSテレビにいるんで、Sテレビに来て下さいな」

「Sテレビのどこに……」

「時間外の通用口に片山さんのこと言っときますから。中の5番のスタジオに来て下さい」

「5番ですね」

「〈ニュースペース〉で使ってるスタジオです。しばらくはそこにいます」

「分りました。――少しかかりますよ」

「ええ、こっちは夜中なんか慣れてます」

「では後ほど」

――どうしたもんだか、とは思ったが、行くと言ったからには、すっぽかすわけにはいかない。

もしかすると、本当に重要な手がかりが見付かるかもしれない……。

あまりあてにはならないと思ったが、コーヒーを飲みながら、晴美に電話した。

「Sテレビに?」

「うん。どういう話か、行ってみないと分らないけどな」

片山は、ゆっくりコーヒーを飲み干すと、一杯分だけの料金を払って、喫茶店を出た。

もちろん、八割、いや九割方、大した話じゃないだろうと思ったが、刑事はむだ足も仕事の内なのだ。

風が冷たかった。

片山はタクシーを停めると、Sテレビへと向った。

浜中美咲か……。

本当に居場所が分ればいいのだが。

片山は欠伸をした。二杯のコーヒーも、眠気ざましにはならなかった……。


「そう。片山さん。片山義太郎さんっていうの」

と、佐川睦は念を押すように言った。「ここへ来たら通してあげてね」

「分ったよ」

Sテレビの〈夜間通用口〉に詰めているガードマンは、睦に肯いて見せて、「刑事さんって、何か事件があったのかね?」

五十代のガードマンは、自分が何か厄介な警察沙汰に巻き込まれることを心配していた。

つまり、何か起って、その責任を取らされ、ガードマンの職を追われるのではないかというわけだ。

「そんなことじゃないの」

と、睦は言った。

「しかし、こんな時間に刑事さんが……」

「片山さんは私に会いに来るのよ！」

と、睦はからかうように言って、「5番スタジオに、って言ってあるから、場所を教えてあげてね」

「ああ、そういうことなら。——分ったよ」

「じゃ、お願いね」

と、行きかけて、睦は振り返ると、「5番スタジオよ！　覗いちゃだめよ！」

睦がスキップするような足取りで行ってしまうのを、ガードマンは見送って、

「若いなあ」

と、思わず言った。

佐川睦は可愛いし、ガードマンなどにも気軽に声をかけてくれる。ちょっと軽薄な印象もあるが、むしろ今どきの若い者はあれが普通なのだろう。

「5番スタジオね……」

もちろん、覗く気はなかった。

「ああ……」

睦は、5番スタジオに入ると、深呼吸した。

スタジオから表に出て深呼吸するのなら分るが、逆にスタジオに入って深呼吸するって……。

私もTV人間になったのね、と睦は思った。

〈ニューススペース〉に突然レギュラーで出ることになって、しばらくはこのスタジオに入る度、息が苦しくなったり、胃が痛んだりしたものだ。ここから逃げ出してしまいたい、と何度思ったことだろう。

それが……。一年たち、二年たつにつれ、この閉ざされた空間が、いつの間にか居心地のいい「わが家」に変っていったのである。

今では、ここが自分の「家」で、「故郷」のように思える。中へ入って深呼吸するのはそういう思いからだった。

でも、ときどき思う。——私って、本当は引込み思案の、他の子たちのかげに隠れていたい子供だった。それが今、こうして目立つ自分に酔っている。

私、無理してるのかしら?

睦はそう思うことがある。自分に暗示をかけているのかもしれない、と……。〈ニュースペース〉の、毎日キャスターや睦たちの並んでいるセットが、照明の中に浮かび上っている。

今はもう誰もいない。つい何十分か前までは、生本番の緊張感の下、大勢のスタッフが汗をかきながら駆け回っていた。

今も、その熱気が漂っているようだ。

そう。——今はここが私の「家」だ。

スタジオの入口の扉は細く開いている。その外の廊下に足音が聞こえたような気がした。睦は入口の方を見て、

「片山さん？」

と、声をかけた。「中にいるわ」

片山にここへ来てほしかったのは、このスタジオの中だったら、睦はのびのびと、思いのままに振舞えるからで……。

いや、片山を呼んだ理由も、ただの「口実」ではない。といって、重大な情報を持っているとも言えないのだが……。

でも、きっと片山さんは分ってくれる。私の気持に気付いて、やさしく許してくれる……。

「片山さん?」

しかし、返事はなかった。足音がしたと思ったのは、気のせいだったのだろうか?

そのとき、スタジオの中の照明が全部消えて、スタジオの中は闇に包まれた。


「ええと……。5番スタジオだな……」

片山は、キョロキョロしながら廊下をやって来た。

何しろ方向に弱いと来ている。

〈夜間通用口〉のガードマンから、

「真直ぐ行って、突き当りを左へ曲ると、エレベーターがあるので、四階へ上って、エレベーターを降りたら右へ行って、三つめの角を左へ――」

と、説明してもらって、

「分りました。どうも――」

と、礼を言ったのはいいが……。

エレベーターには無事辿《たど》り着いたものの、四階で降りる、というところまでは憶えていたが、そこから先は……。

エレベーターを降りた所に、このフロアの平面図があってホッとした。

これで大丈夫!

そう思ったのだが……。

「あれ？」

平面図の通りに来たのだから、目の前に5番スタジオがなくてはおかしいのだが……。

右へ左へ、ウロウロすること数分。

〈5番スタジオ〉というプレートを目にして、やっと息をついた。

扉が閉っているが、しかし、ここに間違いないだろう。

分厚くて重い扉を、力をこめて開けると、中へ入る。——だが、中は真暗だった。

ここじゃないのかな？

少し進んで、

「佐川さん」

と、呼んでみる。「片山ですが。——いますか？」

声が暗がりの中に響く。

すると——。

「助けて……」

という声がした。

「佐川さん？」

「片山さん……。助けて……」

かぼそい声が震えている。

だが、どこか妙だった。

明りだ！　片山は入口の方へ戻ると、壁のスイッチを押した。

明りが点き、広いスタジオが目の前に広がった。

「佐川さん！」

と、片山は呼んだ。「どこです！」

「片山さん……」

その声は上の方から聞こえて来た。

そして——ポタッ、と生ぬるい液体が額に落ちて来た。あわてて手でこすると——血だ！

見上げた片山は息を呑んだ。照明器具を取り付けた鉄骨のはりから、睦がぶら下げられていた。

ロープで縛られた手首が、キリキリと揺れる度に音をたて、今にも落ちて来るかと思われた。

スタジオの天井は五、六メートルもある。そこから吊り下げられた睦の体も、三メートルくらいの高さだった。あそこから落ちたら——。

「しっかりして！」

と、片山は呼びかけた。「今、助けを呼んで来る!」

あの高さでは、どこの台に乗っても届かないだろう。

片山がスタジオの入口へと駆け出そうとすると、

「行かないで!」

と、睦が叫んだ。「お願い! ここに置いて行かないで!」

必死な叫び声だった。

「分った! 分ったから!」

片山はケータイで救助を呼んだ。

「──大至急! 命がかかってるんだ!」

と、念を押して、「すぐ助けが来るよ」

しかし──何とかして下ろせないものか。

片山はスタジオの天井近くの細い通路に気付いた。照明などの作業用のスペースなのだろう。

誰か知らないが、睦をあんなひどい目にあわせた奴は、あの通路から彼女の体を吊り下げたのに違いない。

あそこへ上るには……。壁に取り付けられた梯子《はしご》がある。

しかし、あれを上って、睦のところまで行ったとして、彼女の体を引張り上げられるだろうか？

石津でもいたら……。

「片山さん……」

睦が苦しげに呻いた。「手首が……痛い……」

全体重が、細い手首にかかっているのだ。下から見ていても、ロープで縛られたところに、赤く血がにじんでいるのが分る。

「よし！　僕がそっちへ上って行く！　待っててくれ！」

「だめ！」

と、睦が叫んだ。「もう……落ちそう」

手首を縛ったロープが少しずつ緩んでいるようだった。外れると、あの高さから落ちて来ることになる。

何か——下で受け止められるものはないだろうか？　片山は焦ってスタジオの中を見回したが、そう都合よくクッションになる物が見付かるわけもない。

そのとき——。

「ああ！」

と、絞り出すような悲痛な声がして、睦の手首がロープから抜けた。

片山はその真下へと駆け戻った。

片山の上に、睦の体は真直ぐに……。

「お兄さん……」

という声がした。

いやに遠くから聞こえているようだったが……。

「お兄さん」と呼ぶのは晴美しかいない。

どこにいるんだ？

片山は目を開けたが……。何だか、モヤッとしたものが見えただけだった。

「あ、目を開けた。生きてるわね、少なくとも」

ひどいこと言いやがって……。

片山は身動きしようとして、体のあちこちが痛んで、

「いてて……」

と、声を上げた。

「あ、しゃべったわ」

と、晴美が言った。「頭の方も大丈夫みたいね」

やっとピントの合った視界に、こっちを覗き込んでいる晴美が見えた。

「私のこと、分る？」

「当り前だ。——ここ、どこだ？」

「病院よ、もちろん」

「ああ……。あの子はどうした？　佐川睦は？」

「ええ、ここに入院してるわ。薬で眠ってる。お兄さんが下敷になったんで、大けがしないで済んだって」

「そうか……」

片山はホッとした。

「ひどいことするわね、本当に！　彼女は脇腹を切りつけられて出血していたのよ」

「犯人は？」

「睦さんは見てないんですって、いきなりスタジオが真暗になって、立ちすくんでいたら、いきなり後ろから頭に布をかぶせられたって」

「で、あんな高い所に吊り下げられたのか」

「何を考えてのことなのかしらね。——でもあのまま床へ直接落ちたら、骨折してただろうし、落ち方によっては首の骨を折って、死んでいたかも、って。お兄さんが受け止めたおかげで、打撲ですんだのよ」

「それはいいけど……。俺はどうなんだ？」

「大丈夫。あちこち打ち身であざになってるけど、どこも骨は折れてない」

「そうか……」

ともかく安堵したものの、一体誰が何の目的でこんなことをしたのか……。

「じゃ、もう起きて……。いてて」

と、片山はベッドに起き上ろうとして、声を上げた。

「今夜ひと晩入院した方がいいって。明日、迎えに来てあげるわよ」

「全く……。そうだ。佐川睦が言ってた。浜中美咲のことで、何か情報があるって」

「彼女が？　でも今は眠ってるから無理よ」

「じゃ、明日にでも訊いてみよう」

片山はベッドに横になると、息をついた。

——この事件は、明らかに佐川睦への悪意の表れだ。しかし、なぜ彼女が？

沼田晴江が殺された事件と、どこかでつながっているのだろうか？

何だかいやな気分だった。

これがまだ終りではない、という予感のようなものが……。

あまり当ってほしくない予感が、片山を捉えていた。

「ニャー」

「何だ、ホームズも来ていたのか……」

片山のベッドへヒョイと飛び乗ってくると、ホームズのザラッとした舌が、片山の頬をなめた。

「ああ、そういえば……」

と、片山は言った。「どうしたんだろう、あの馬場秋法のこと……」

12　失ったもの

「あの子、大丈夫かしら……」

病院の玄関にせかせかと入りながら、その女性は呟くように言った。

「何度同じことを言ってる！」

と、前を行く馬場広太郎は、苛々と振り向いて、「大したけがじゃないんだと言っとるだろう！」

「だけど、お医者様は――」

「医者は何でも大げさなんだ」

馬場広太郎の後をついて歩いているのは、妻の照子《てるこ》である。秋法の母親だ。

秋法の担当医から、何度も、

「息子さんの容態についてお話が……」

と、電話があったのだが、広太郎は、

「俺は忙しいんだ！」

と言い返し、「治療するのはあんたの役目だろう！」

と、電話を切ってしまった。

さすがに母親の方が心配になって、病院に行くと言い出したので、広太郎も渋々一緒にやって来たのである。

もちろん特別病室に入っているので、そのフロアでエレベーターを降りると、

「おい、君！」

と、近くにいた看護師を大声で呼んで、「息子の病室はどこだ？」

「は？」

看護師の方は呆気に取られている。

広太郎は、名のらなくても自分のことは誰でも分ると思っているのである。

照子があわてて、

「馬場秋法の母ですが、息子の病室はどちらでしょう」

と言った。

「さあ……。私、ちょっと分らないんで。ナースステーションで訊いて下さい」

「かしこまりました」

照子が夫の腕を取ると、「あなた！　怒らないで下さいな」

「しかし——馬場秋法の病室がどこかも知らんのか？　全く、今の看護師は！」

ナースステーションで、照子が訊くと、

「――奥の右手ですって」

「馬場さん」

と、看護師が呼び止めた。「先生からお話がありますので、病室でお待ち下さい」

「分りました」

と、照子が会釈する。「――お菓子の一つも持って来れば良かったわね」

「フン、向うは仕事なんだ。いちいち菓子など持って行くことはない」

と、広太郎はすっかりむくれている。「大体、ここへ来ることは連絡してあるんだぞ。医者の方が待っているべきだ」

「あなた、そんなこと言って……。他にも患者さんは大勢いるのよ」

「馬場秋法は一人しかおらん！」

「そりゃそうだけど……」

「十分は待ってやるが、それで来なけりゃ帰る。忙しいんだ」

無茶苦茶である。

すると、その病室のドアが開いて、スーツの女性が出て来た。

そして広太郎を見ると、びっくりして、

「あ、会長！」

と、目を丸くして、「おいでになったんですか」

「誰だ、お前は？」

「会社の受付にいる川崎ちづるです」

「受付？——ああ、そういえば見たことがあるようだ。うん、受付にしちゃ美人じゃないな、と思った記憶がある」

「あなた！——ご苦労さま。秋法は今……」

「奥様でいらっしゃいますか。社長は起きてらっしゃいます」

「何だか、担当のお医者様からお話があると言われて……。どこか具合が悪いとか、そんなことじゃないわよね？」

「あ……。その辺は担当の先生が……」

「おい、はっきり言え。あいつが死にそうなのか？」

と、広太郎が言った。

「いえ、そんな！　そんなことじゃありません！」

「だったらいい。いつ退院できる？」

「さあ、それは……。ともかく中へ……。あの——」

「担当のお医者様はみえるそうよ」

「はあ。私……社長に頼まれて、ちょっと売店に」

「ご苦労さま」

川崎ちづるが急ぎ足で行ってしまうと、照子がドアを開けた。

ベッドを少し起して、秋法は本を読んでいたが、

「——母さん！　来てくれたんだね」

と、嬉しそうに言った。

「どう、具合は？」

しかし、照子を押しのけて、広太郎はベッドの方へやって来ると、

「何だ、元気そうじゃないか」

「父さん。——おかげさまでね。先生も看護師さんたちもよくしてくれるよ」

照子がちょっと面食らったように口をつぐんだ。息子の様子が変っていることに、敏感に気付いた。

「そうか。何だか、医者が話があると言ってるそうだ。しかし、もう退院しても構わんのじゃないか？」

「それは先生に訊いてよ」

ドアが開いて、看護師が入って来ると、

「馬場さん、検温ですよ」

「やあ、どうも」

と、秋法がニッコリ笑って、「君に脈を取ってもらうのが楽しみでね」

「まあ、お上手ね」

と、その看護師は体温計を渡して、「あ、〈Xメン〉のライブのチケット、取って下さってありがとう。大ファンなの！」

「そんなこと、お安いご用だよ。何かあったらいつでも言って」

「嬉しいわ！」

と、秋法の手首の脈をみて、「正常ですね。――あ、もう体温も」

「うん。――あの、僕の両親なんだ」

「どうも。先生がもうじきみえますので」

と言うと、秋法の方へ、「じゃ、またね」

「うん。いつもありがとう」

――看護師が出て行くと、しばらく広太郎と照子はポカンとしていた。

「いい人なんだよ」

と、秋法は言った。「でも、入院すると分るね。看護師さんって、本当に大変な仕事だよ」

秋法は両親の方を見て、

「――どうしたの？　二人でびっくりしたみたいに」

「秋法、お前……」

と、照子が、やっと口を開いて、「とっても……優しくなったのね！」

「馬鹿な！」

と、広太郎は我に返って、「おい、何を考えてるんだ？　あの看護師をものにしようっていうのか？」

「とんでもない！」

と、秋法はムッとしたように、「あんないい人に、何てことを！」

そこへ、川崎ちづるが入って来た。

「社長、買って来ました」

「そうか。——見せてくれ」

ちづるが手渡したのは、アニメのキャラクターの人形だった。「うん、これだ、これだ」

「そんなもの、どうするんだ？」

と、広太郎が訊いた。

「このフロアに、七つの女の子が入院しててね」

と、秋法は言った。「難しい病気だけど、頑張ってるんだ。このキャラクターが大好きだと言ってたんで、プレゼントしようと思ってさ」

「きっと喜びます」

と、ちづるが言った。

「うん。今日、リハビリセンターで、たぶん会うと思うから渡そう」

聞いていた広太郎が、

「おい！　お前たちは廊下へ出てろ！」

と言った。

「あなた……」

「いいから出ていろ！　俺と秋法の二人にしろ」

照子とちづるが病室から出て行くと、広太郎は秋法のベッドに腰をかけて、

「おい、隠す必要はないぞ」

と、ニヤリと笑って、「何を企んでるんだ？」

秋法がキョトンとして、

「何の話？」

「おい、いい加減にしろ。照子や看護師は騙せても、この俺にはお前のことがよく分ってる。いくらいい人ぶってもな。白状しちまえ。狙いは何だ？」

秋法はしばらく黙って父親を眺めていたが、

「――僕はそんなにひどい奴だったのか」

と、呟くように言った。「会社の連中も、怖がって見舞に来ない。あのちづる君は、本当は受付なのに、僕の秘書たちが代りによこしてるんだ。——僕はみんなに嫌われてたんだね」

「お前……」

広太郎は愕然とした。こいつは冗談でも何でもないのだ。

こんなことがあるのか？

そのとき、ドアが開いて、

「お待たせしました」

と、医師が入って来た。


「そんな馬鹿な！」

と、広太郎が言った。

「お気持は分りますが、事実です」

医師は浜中といった。五十前後だろうか。

「しかし……頭をぶつけただけで、性格まで変るなんて……」

診察室で、広太郎と照子は浜中医師の話を聞いていた。

「全く、ふしぎなことです」

と、浜中は言った。「しかし、本当にそうなのだから仕方ありません」

「でも……」

と、照子が不安げに、「秋法の記憶は……」

「そこは何とも」

と、浜中は首を振って、「時折、記憶が消えていくようなこともあるようです。しかし、これがどこかで止まるのか、それともこのまま少しずつ進んで行くのか、私にも分りません」

「そうですか……」

照子は小さく肯いて、「でも……死んでしまうようなことにならなくて良かった」

だが、広太郎は突然、

「そんなことがあってたまるか！」

と、怒鳴って立ち上った。

「あなた――」

「秋法はあんな軟弱な奴じゃない！　もっと意志が強くて、目の前の敵を殴り倒してでも、儲けることに熱中する。人に好かれたいなどとは考えない奴なんだ！　人に同情なんかしていたら、この世界じゃ勝てないんだ！」

と、腕を振り回しながら、「何とかしろ！　お前は医者だろう！　秋法を、以前の通り男らしい、強い奴に戻してくれ！」

浜中は驚いた様子もなく、

「まあ、『男らしい』とはどういうことか、難しいところですがね」

「何を呑気なことを言ってるんだ！」

と、広太郎は言い返した。「あいつには会社の未来がかかってるんだ！　あんたみたいにのんびりしちゃいられないんだ！」

「あなた——」

照子がさすがに見かねて、「失礼ですよ、お医者様に」

「失礼なもんか！　こいつがヤブ医者だからあんなことになったんだ！」

「やめて下さいな。先生、申し訳ありません！」

「いや、お気持は分ります」

と、浜中は言った。「ご不満なら、他の病院を当ってみて下さっても結構ですよ」

「ああ、そうするとも！　このまま秋法があんなだらしのない男になっていくのを放っておけるか！」

「あなた——」

「いくらでもってはあるんだ。必ずあいつを元の通りにしてやる！」

広太郎は、「帰るぞ！」

と、照子の方へ言うと、診察室を出て行く。

「待って！　あの――先生、申し訳ありません。あの人も今、どうしていいか分っていないんです」

「いや、ご心配なく。もし転院なさるのなら、手続きはいたしますよ」

「それでは、あの――失礼して」

照子は急いで夫の後を追った。

広太郎が大股に廊下を歩いて行く。照子は走ったが、なかなか追い付かない。

「あなた、待って！　――ちょっと！」

広太郎はやっと足を止めると、

「何をグズグズしてるんだ！　こんな病院にいつまでも……」

「でも、あなた……。そっちじゃないわよ、玄関は」

「何だと？」

「ほら〈玄関〉って、逆の方へ矢印が」

と、壁のパネルを指さす。

広太郎は顔を真赤にしてパネルの矢印をにらみつけた。自分がにらめば、矢印の向きが逆になるとでもいうように。

しかし――当然、矢印は変らなかったのである。

「もっとはっきり書いとけ！」

と、当り散らすと、「帰るぞ！」

玄関の方へ、ほとんど走るような勢いで歩き出す。照子が、

「あなた……。待って！」

と、息を切らしながら追いかけた。

「あ、会長」

と、ちょうど川崎ちづるがやって来た。「先生とのお話は終られたんですか？」

「何だと？」

と、怒鳴られて、ちづるが飛び上りそうになる。

「あなた！――ええ、終って帰るところよ」

「あの……社長が、病室へ寄っていただくようにと……」

「分りました。あなた、秋法の所に……」

「お前、行って来い。俺はあんな情ない奴と会いたくない」

「あなた……」

「でも、会長」

と、ちづるが言った。「今、社長、とても楽しそうですよ。誰からも好かれて、本当に――」

「それ以上言うな！」

と、広太郎が怒鳴った。「クビにするぞ！」

「は……はい」

ちづるがあわてて口をつぐむ。

すると――広太郎が突然よろけた。

「あなた！　大丈夫？」

「ああ……。大丈夫だ！」

と、歩き出そうとした広太郎は、そのままバタッと突っ伏すように倒れてしまった。

照子もちづるも一瞬立ちすくんでいた。

「まあ……。あなた！」

照子が青ざめる。

「大変！　誰か！　誰か来て下さい！」

ちづるの叫び声に、近くにいた看護師が駆けつけて来た。

「あの……先生、主人はどうなんでしょうか？」

照子の声は震えていた。

浜中医師は直接は答えず、

「ご主人、人間ドックとか、受けておられましたか？」

と訊いた。

「いえ、それが……。『あんなものは医者のヒマつぶしだ』と言って……」

「ヒマつぶしですか」

と、浜中は苦笑した。

「申し訳ありません」

「いや、別に謝っていただくようなことじゃありません。ただ、これまでに検査を受けたデータは残っていないということですね」

と肯いて、「脳で出血しています。どの程度か、今調べていますが、状態を見る限り、あまり軽いとは言えないようです」

「はあ……」

と言うと、照子は血の気を失って、椅子から転げ落ちてしまった。

「奥様！」

立って話を聞いていた川崎ちづるが、びっくりして駆け寄り、抱き起す。

浜中は、

「貧血ですね。君、どこか空いたベッドに」

と、看護師へ指示した。

「いえ……大丈夫です……」

と、立とうとしたものの、照子はまた倒れかけた。

「奥様！　ともかく少し横になられて下さい。私が会長についています」

「ありがとう……。ごめんなさい……」

よろけながら、二人の看護師に支えられて、照子が診察室を出て行く。

廊下の長椅子で待つように言われたちづるは、一人になると少し冷静さを取り戻した。

「どうしよう……」

ともかく、まずこのことを社長の馬場秋法に知らせなくては。――父親が倒れたと聞いたらショックだろうが……。

しかし、ちづるが知らせに行こうとして立ち上ると、廊下をやって来る秋法のパジャマ姿が目に入った。

「社長……」

「ちづる君。今、看護師さんが知らせてくれた。親父《おやじ》は？」

ちづるが知っている範囲で説明すると、秋法は、

「母さんまで倒れたのか」

「でも、奥様はショックで貧血を起されただけですから。すぐ回復されますよ」

「うん。――会社に連絡しなくちゃいけないな」

「私が連絡します。どなたに、まず——」

「うん……。ともかく重役全員に、待機するように言ってくれ。親父の容態がはっきりしたら、会議を開く」

「でも……」

「僕の病室でも。何とか入れるだろう」

「分りました。じゃ——折原《おりはら》さんに連絡して伝えていただきます」

「ああ、それがいい」

折原さつきは広太郎の秘書で、取締役会を取りしきっているベテランだ。

「では、電話して来ます」

と、ちづるがケータイを手に行きかけると、

「ちづる君」

と、秋法が呼び止めた。

「はい！　何か必要なものがあれば、買って来ますけど」

と、ちづるが言うと、秋法は微笑を浮かべて、

「こんなときに悪いけど……」

「何でしょうか？　どんなことでも……」

「すっかり君に任せてしまってすまないね」

「そんな……。私は平社員ですから」

と、ちょっと照れて赤くなる。

「僕もこの先、どうなるか分らないけど……」

「そんなことおっしゃらないで下さい。大丈夫ですよ」

つい、馴れ馴れしい口をきいてしまって、ちづるは、「すみません！　出過ぎたことを……」

「いや、君は本当にいい人だ」

と秋法は言って、「君、結婚してるのか？」

「え？　いえ、していません」

面食らっていると、

「恋人は？」

「あの――」

「ごめん！　それどころじゃなかった。行ってくれ」

「はい、それでは」

ちづるは、電話がかけられるよう、病院の正面玄関から表に出た。

「ああ、びっくりした！」

秋法の言葉にドキドキしている自分がいた。あれは、ちづるへのデートの誘いだろうか？

でも——まさか！

「それどころじゃないわ！」

ケータイで、折原さつきへかける。

「——ちづるさん？　どうしたの？」

と、素気ない口調で、「これから取締役会なの。会長はそっちへ行ってない？」

「あの——会長が倒れたんです」

しばらく間があって、

「何ですって？」

「会長さん、脳で出血が。社長を見舞った後に倒れて……」

「——ちづるさん、本当のことなの？」

嘘ついてどうする！　さすがにムッとしたが、

「本当です。今、ＭＲＩを——」

「待って。ちょっと待って。——そんなことって！」

ちづるは、折原さつきが取り乱すのを初めて見た。いや、聞いただけだが。

「ちづるさん、ごめんなさい。あなたを信用しないわけじゃないけど、どうしても自分で確かめたいの。すぐそっちへ行くわ」

「はあ、どうぞ……」

ちづるも、びっくりしていた。折原さつきがこれほどあわてふためくとは。

首をかしげていると、

「やあ」

と、声がして、片山がタクシーを降りて来た。

「あ、片山さん」

「何かあったの？」

「――そんな風に見えます？」

「何となく……」

「馬場広太郎会長が倒れたんです」

言いながら、自分でも信じられなかった。

片山が、もし、

「そんな馬鹿なこと！」

と笑ったら、一緒になって、

「そうですよね！　私、何言ってるんだろう？」

と、笑い出しそうな気がした。

しかし、片山は、

「会長が？　父親が倒れた？　大変だね、それは」

と、目を丸くして、「それで具合は？」

ああ、やっぱり本当だったんだわ、と妙なやり方で、ちづるは納得した。

13 空席

「手術が必要ですね」

と、医師が言った。「奥さんにも承諾をいただいた方が」

「分りました」

と、秋法が言った。「母を呼んで来ます」

「いや、看護師に行かせますから」

と指示して、「たぶん、もう貧血はよくなられているでしょう」

「すぐ行って来ます」

と、看護師が診察室を出て行こうとして、「浜中先生」

と振り返り、

「手術室の用意は――」

「うん、もう済んでる。麻酔チームと打ち合せをするから、そう伝えておいてくれ」

「分りました」

看護師が出て行くと、秋法は大きく息を吐いた。

「何てことだろう……。父までが……」

「でも社長」

と、ちづるが言った。「病院の中で倒れて、まだ良かったですよ。外へ出てからだったら……」

「全くだ。いつも体を大事にしないから、危いとは思ってたんだ」

片山も診察室の隅で話を聞いていたのだが……。

「失礼ですが」

と、医者の方へ、「浜中さんとおっしゃるんですか?」

「ええ、そうです」

と、医師は肯いた。

「浜中……。もしかして……」

浜中医師は、片山と秋法を交互に見て、

「いや、ふしぎな縁ですね」

と言った。「〈B食品〉の馬場さんを診ることになるとは」

「では、先生は——」

「浜中竜一《りゅういち》といいます。一家心中した浜中由介は私の従弟《いとこ》です」

「まあ……」

と、ちづるが唖然とする。

「しかし、治療はきちんとやっていますよ。もしお疑いなら——」

「とんでもない！」

と、秋法が遮って、「信頼しています。ぜひ、父をよろしくお願いします」

「全力を尽くしましょう」

そう聞くと、片山はあの一家が飛び下りた岬の所で撮った写真の浜中由介と、この医師がどことなく似て感じられた。

「もっとも、由介とはあまり会っていませんでした」

と、浜中医師は言った。「ほとんど親戚付合いのない一族でしてね。特に由介が大変なことになっていたころ、私はアメリカの病院に勤務していて、何も知らなかったのです。帰国してからも、この病院がちょうど建て替えの最中で、雑用に追われて……。あんなことになって、もう少し話でもしておけば、と後悔しましたが」

「先生。申し訳ありません」

と、秋法が言った。「今さら手遅れですが……」

「いや、私に謝られてもね……」

「今思うと……。どうしてあんな仕打ちができたんだろうと……。浜中さんが正しかった。そんなことは、僕も父も分っていたはずなのに」

「まあ……会社という奴は怖いものですね」

と、浜中は言った。「会社のため、と言われれば、間違っていると分っていてもやってしまう。人は弱いものですよ」

そして、ふと思い付いたように、

「そういえば、一人だけ行方の分らなくなった——。美咲ちゃんといったかな、確か。あの子のことはよく憶えていますよ。五つか六つのころ、会ったことがある。しっかりした、負けん気の強い女の子だったが……。まだ行方は……」

「分らないんです」

と、片山が言った。「捜してはいるんですが……」

「無事でいてくれるといいですね」

浜中医師がそう言ったとき、診察室のドアが勢いよく開いた。

「——折原さん」

と、ちづるが言った。「今、先生のお話を——」

しかし、折原さつきは、ちづるの言葉など耳に入らない様子で、真直ぐに浜中へと歩み寄ると、

「会長に会わせて下さい！」

と、甲高《かんだか》い声を震わせて言った。「どこにいるんですか、会長は！」

「折原君、落ちついて」

と、秋法が面食らって、「先生、すみません。父の秘書をずっとしてくれている折原君です。——君らしくないよ。そんなに取り乱して」

「社長は黙ってて下さい！」

と、折原さつきは怒鳴った。「会長に——あ、あの人に会わなきゃ。私は——私の人生を捧げて来たのに！　突然倒れるなんて、ひどい！」

ちづるが愕然として、

「折原さん……。もしかして会長と？」

「あ、あの人は私のものよ！　あの人の子を堕ろしたとき、約束してくれた。お前のことはずっと一生面倒を見る、って。そう誓ってくれたのに……」

折原さつきが泣いているのを、居合せた面々が呆然と眺めていると——。

「出て行きなさい！」

と、声がした。

広太郎の妻、照子が立っていたのだ。

「奥様……」

「あなたはただの秘書ですよ！　勝手なことを言わないで！」

さっき貧血を起したとはとても思えない、気迫のこもった声だ。しかし、折原さつきも、負けていなかった。

「奥様はあの人のために何をしてあげたんですか！　私の十分の一も役に立ってない！」

と言い返した。

「何ですって……」

照子が、今度は顔を真赤にして、「あんたはクビよ！」

と怒鳴った。

「私は奥様に雇われてるわけじゃありません！　あなたに私をクビにする権限などありませんよ！」

「私は〈B食品〉会長の妻ですよ！」

「それがどうだっていうんです！　広太郎さんが愛してたのは私一人です！」

「『広太郎さん』だなんて……。そんな呼び方をすることは許しません！」

「じゃあ、『広太郎ちゃん』でどうですか？　いつもベッドの中ではそう呼んでました。あの人は私のことを『可愛いさつき』と呼んで。奥様のことをどう言っていたか、ご存じですか？」

「聞きたくもない！　秋法！　この女を主人に近付けるんじゃないわよ！」

二人のやり合う声が、徐々にトーンを上げて、ほとんど絶叫に近くなるのを、呆気に取られて見ていた片山たちだった。

「奥さん」

片山がたまりかねて、「ここは病院ですよ。そんな大声を――」

と割って入ろうとすると、

「病院だってことぐらい、分ってるわよ！　私を何だと思ってるの！」

と、かみつきそう。

「母さん」

と、秋法が言った。「冷静になって。折原君も。いくら二人が騒いでも、親父には聞こえないんだよ」

「秋法……」

照子がハアハアと肩で息をしながら、息子を眺めた。「お前は怒らないの？　こんな女が……」

「母さん。悪いのは父さんだ。そうだろ？　母さんのことを裏切ったのもいけないけど、折原君を、そんな風にもてあそんだのも父さんがいけなかった。――折原君、すまなかった」

秋法が、こんなに変ってしまったことを全く知らなかった折原さつきは呆然として、

「社長……。そんなことを……」

と、呟くように言った。

「そのことについては、ちゃんと償《つぐな》いをする。信じてくれ。しかし、今は会社の運営が問題なんだ。父が倒れて、今後、ちゃんと指示が出せるかどうか分らない。父が倒れたことは、いずれ業界に知れ渡る。そのとき、〈B食品〉が受ける打撃を、少しでも小さくしなきゃならない。君も、色々腹は立つだろうが、取締役を始め、主な幹部に今の状況を正しく伝えてくれ。大げさにした噂が伝わる前に、まず、会社の全員が動揺しないように。君ならそれができる。頼むよ」

秋法の、筋の通った話しぶりに、折原さつきは平常心を取り戻したようだった。

ゆっくり息をつくと、さつきは、

「――かしこまりました」

と、穏やかな声で言った。「社に戻って、早速取締役会にはかり、全社員に周知します」

「うん。よろしく頼むよ」

「失礼します」

と、診察室を出ようとして、川崎ちづるの方を見ると、「ごめんなさいね。あなたのこと、信用しなかったわけじゃないのよ」

「いえ、そんな……。ただ……社長のお世話は私でよろしいんでしょうか」

「ぜひお願いするわ。社長もそれでよろしいのですよね？」

「うん。ちづる君は本当によくやってくれる」

——折原さつきが行ってしまうと、誰もが同時にホッと息をついた。

まるで台風が過ぎ去ったかのようだった。

もっとも、「もう一つの台風」は、モヤモヤしたままのようで、

「秋法、あの秘書に本当に何かしてやるつもりなの？」

と、不満げに言った。

「母さん」

と、秋法は真直ぐに母親を見て、「母さんが彼女の立場だったら、どう思う？」

照子は口を閉じてしまった。

「先生」

と、秋法は言った。「父のことはよろしくお願いします。僕はもう退院していいですね？　今後は通って、診ていただきます」

「分りました。そういうことで、明日退院の手続きを取るようにしておこう」

「お願いします」

と、秋法は一礼すると、「ちづる君。君は退院したら僕の個人秘書として働いてくれ」

「は……はい」

と、肯くしかないちづるだった。

秋法が出て行くと、照子もあわてて後を追った。

「――いや、あの人は立派な人格者になったね」

と、浜中医師は首を振って、「人間の脳っていうのは、まだまだ謎だらけだ」

「でも、社長は大丈夫でしょうか」

と、ちづるが訊いた。「何だか――私のこと、凄い魅力的な女性だと思い込んでるみたいで……。やっぱり、頭を打って、少し判断がつかなくなってるんじゃゃ……」

「いや、あなたのことを正しく評価してるんだと思いますよ」

と、片山は言った。

「そうでしょうか……」

ちづるが頬を染めた。

「しかし、〈B食品〉は大変だろうな」

と、片山は言った。「とりあえず、会長が手術で助かるかどうか……」

「一命をとりとめても、会長職を続けるのは難しいでしょうね」

そこへ看護師がやって来て、

「先生、麻酔のチームが揃いました」

「よし。じゃ、すぐ手術にかかれるように準備してくれ」

バッと立ち上る浜中医師の動きには、プロの緊張感が漲《みなぎ》っていた。

「——あ、そうだ」

と、ちづるが言った。「佐川睦さんがひどい目にあったって……」

「うん、そうなんだ」

と、片山は言った。「僕も少しひどい目にあったけど」

TV局のスタジオでの出来事を聞くと、ちづるは、

「そんなひどいことを……。一体誰がやったんですか？」

「やっと当人から話が聞けそうでね。ここの後、向うの病院に回るつもりでいたんですよ」

「じゃ、私も一緒に。いいですか？　社長の許可を取ってからですけど」

「いいですよ。当人もショックを受けてる。あなたが行けば喜ぶでしょう」

片山は病院の玄関で少し待って、ちづると一緒にタクシーで佐川睦の入院している病院へと向った。

「——何だか、今度の事件はやたら病院を回ってるな」

と、タクシーの中で片山は言った。

「片山さんが受け止めなかったら、睦さん、命を落としてたかもしれないんですね」

と、ちづるは言った。「片山さんって、偉いですね。自分の身を投げ出して」

「たまたま真下にいたんですよ」

と、片山は正直に言った。「――しかし、〈B食品〉もこれから大変ですね」

「ええ。――でも社長があんなに変ってしまうなんて。きっと、これから〈B食品〉も変りますね」

「取締役などに、馬場の一族の人間はいないんですか？」

「いないと思います。とりあえず会長職は空席にしておくことになるでしょう」

と、ちづるは言った。

そうだ。――浜中一家も、生きていれば、〈B食品〉を巡るふしぎな出来事を知ることができたろう。

もし、美咲が生きていたら……。馬場広太郎が倒れたことを知って何と言うだろう？

そう、佐川睦が、美咲の消息を何か知っていると言っていたのだ。

生きていてくれたら……。

今ごろ、何をしているだろう……。

14 面影

「はい、カット！」

と、監督の大木の声が響いた。「ＯＫ！　京香、すばらしかったぞ」

「どうも」

監督にほめられたからといって、嬉しそうな顔はしない。それがスター、、、というものらしい、と美咲は思った。

もちろん、内心は嬉しかったり、ホッとしたりしているのだろうが、「完璧にできて当り前」なのが、プロというもの。

――何日か、刈谷京香について撮影に同行していた美咲は、そんな京香のプライドが感じ取れるようになっていた。

今日は、都内でのロケ。

ビジネス街をスーツ姿で颯爽と歩く京香。

移動撮影で捉えた京香の姿を、モニターで見ると、青空からくっきりと浮かび上って、まるで空を飛んでいるかのようだ。

美咲も傍から顔を出して覗いていると、大木が、

「どうだい、京香は？」

と、美咲に訊いた。

美咲はちょっと面食らったが、

「この世の中に、何も怖いものはないっていう風に見えます」

「いい表現だ！」

と、大木は笑顔になって、「京香、気に入ったか？」

「ええ」

と、京香が肯いて、「バックの青空がきれい過ぎるけど。もう少し雲があった方が」

「そうだな。しかし、前後のカットで調整できる。――よし、このカットはこれでOK」

と、大木は言った。

「じゃ、次のロケ地へ移動します」

と、チーフ助監督が駆け出しそうになったが、

「おい、ちょっと待て」

と、大木が止めた。「京香、もうワンカット撮りたいが」

「いいですけど……。同じ所で？」

「いや、この先で、公園の出口を通る。そこで、公園から出て来た姪《めい》と出会う」

「姪？　そんな子、いました？」

「今作った」

「でも……」

「今、思い付いた。この後のシーンで、京香が女子高生のいる店に入るだろ。ここで姪と会って、一緒にその店に入れば、自然になる」

「それはそうですけど……。姪って、誰がやるんですか？」

大木は美咲を見て、

「君、出てみないか？」

と言った。

「恵ちゃんを？」

今は刈谷恵を名のっている美咲だが、大木の突然の言葉に、京香はさすがにびっくりした。

「――私が、ですか」

と、美咲は言った。

「でも……。監督、いくら何でも、急過ぎますよ。恵ちゃんも、そんなつもり、ないだろうし」

と、京香が言うと、

「いえ」

と、美咲は言った。「やってもいいです」

「恵ちゃん……」

京香は目を丸くしていたが、大木はニヤリと笑って、

「そうか！　おい、この子に合う衣裳だ」

「でも、ロケ先ですよ」

と、助監督が言った。

「そこにデパートがあるだろう！　女性服の売場に行って買って来い！」

「は……」

「待って」

と、京香は言った。「恵ちゃんの服なら、私が選ぶわ。一緒に行きましょ」

「いいの？」

「出る以上は、恥ずかしくない姿でないとね。監督、三十分下さい」

「ああ、分った。洋服代は後で請求しろ」

周囲のスタッフが啞然としている中、京香は、美咲を連れて、デパートへと向った。

「——恵ちゃん」

と、足早に歩きながら、「あなたは、どういう子なの？」

「私……分りません」

「そう。でも、私には分ってるような気がする」

「え？」

「私だけにはね」

と、京香は言って、「さ、急ぎましょ」

と、美咲を促した。

弾むような足取りで公園から出て来た少女は、京香がやって来るのを見て、足を止めると、

「叔母《おば》さん！」

と、嬉しそうに言って手を振った。

「あら、恵ちゃん」

と、京香は立ち止って、「珍しいわね、こんな所で」

「これからちょっと買物なの。叔母さんは？」

「用を済ませての帰りよ。何なら付合いましょうか？」

「いいの？　じゃ、一緒に行こう」

少女が京香の腕に手をかけて、一緒に歩き出した。

「――カット！」

と、大木の声が響いた。「ＯＫ！　良かったぞ」

「ああ、緊張した！」

と、恵――美咲は明るく言って笑った。

「いや、のびのびとして、自然だった。なあ、京香？」

「そうね。初めてにしては上出来だわ」

「さすが、京香の血を引いてるな」

と、大木は上機嫌で、「よし、移動するぞ！」

美咲の着る服を選んで、買って戻るまでの間に、大木がセリフを作っていた。

京香と二人、その新しいセリフを憶えて、二、三度テストしての本番である。

京香の演じるヒロインの姪。――役名は、〈恵〉になった。恵が本当の名だと思われているので、「やりやすいだろう」と、大木がそうしたのだ。

しかし、京香にとってその名は……。

「片山さん……」

ベッドから、佐川睦が小さく手を振った。

「どうですか？」

片山は、何か少しは気のきいたことが言えないかと思いつつ、「痛いでしょ」

と、当り前のことを訊いていた。

「ありがとう、片山さん……」

と、佐川睦は微笑んで、「片山さんの顔を見ると、傷の痛みが軽くなるの」

「役に立てば幸いですがね」

と、片山はちょっと苦笑して、「犯人のことで、何か思い出しませんか？」

「考えてるんだけど……。ともかく、いきなりだったから」

「それは仕方ないですよ」

そこへ、片山について来た川崎ちづるが顔を出して、

「お見舞に来ました」

と言った。

「あ、ちづるさん。――もしかして、片山さんとデート？」

「違います。たまたま一緒に……」

「抜けがけしちゃだめよ！　あくまで公平にね」

「あのですね……」

と、片山が咳払いして、「あなたの言ってた、浜中美咲ちゃんに関する情報というのを聞きたいんですが」

「あ、そうだった」

と、睦はやっと思い出した様子で、「そう具体的な情報ってわけじゃないんだけど……」

「何でも聞かせて下さい」

「あのね、〈ニュースペース〉のスタッフの一人がね、彼女らしい女の子を見たって言ったんです。これは本当よ」

「どこで浜中美咲ちゃんを見たと――」

「それが、映画のロケ現場なんです。今撮影中の新作映画の撮影現場リポートという仕事の中で……」

「映画のロケ？　何という映画です？」

「〈報復の日〉っていうタイトル。主演が刈谷京香で」

聞いたことはあったが、片山には顔が思い浮かばない。

「ああ」

と、川崎ちづるが肯いて、「雑誌で見ました。自分に乱暴した男たちに仕返しする話ですよね」

「そうそう。刈谷京香にしては、珍しいサスペンスもので、アクションシーンもあるっていうので、ロケの取材に行ったんです。リポーターの女性が」

「そこで浜中美咲ちゃんを？」

「もちろん、絶対ってわけじゃないんですけど。ただ、そのリポーターは、あの一家心中の件を担当してたんです。それで、行方不明になってる美咲ちゃんの写真や映像も見ていたので」

「場所は？」

「六本木の〈Q〉っていうクラブです。店の中で、昼間にロケしてたんですけど。もちろんアクションシーンは、そっくりに作ったセットでですけど」

「そこに美咲ちゃんらしい子がいた、というんですね？」

「リポーターは、カメラマンと二人で、刈谷京香のインタビューを撮ったんです。で、途中、監督から声がかかり、短いアップを撮りたいというので、終るのを待ってたら、その映画のスタッフの中に交って、女の子が……」

「すると——たまたま通りかかって、見物していたわけじゃないということですね」

「そうなんです。クラブの中ですものね。ただ、あれ、と思ったけど、その女の子に近付くわけにいかなくて。その後、十分ぐらいして、刈谷京香のインタビューを終えてから捜したらしいんですが、見付からなかったと」

と、睦は言った。「インタビューはすぐまとめなきゃいけなかったので、リポーターはすぐカメラマンと局に戻ったんです」

「分りました。じゃ、その映画の関係者かスタッフに話を聞きましょう」

と、片山はメモを取った。

睦はその場で、美咲らしい子を見かけたというリポーターの女性に電話して、片山と替った。

片山は、その撮影スタッフへの連絡先などを聞いた。

「――あれが本当に浜中美咲ちゃんだったかどうか、自信はありません」

と、そのリポーターの女性は言った。「ただ、じっと撮影を見つめてる様子が、とても大人びて見えて、ハッとしたんです」

リポーターは水沢亜矢《みずさわあや》という名だった。

「たぶん……今日もロケだと思います。都内のどこかで。――私、ご一緒しましょうか？」

「そうしてもらえるとありがたいです」

と、片山は言った。

「今なら出られます。じゃ、Sテレビの玄関でお待ちしていても？」

「分りました。すぐ向います」

片山はケータイを睦の手に戻した。

「もしもし。亜矢ちゃん。片山さんを、ちゃんと案内してあげてね」

と言ってから、「でも片山さんを誘惑しちゃだめよ」

と、付け加えた……。


「なかなかいい絵が撮れてるぞ」

と、大木がモニターの画面を見ながら言った。「恵ちゃんも、光るものがある」

「でも、当人はまだ何も考えてませんよ」

と、京香は言った。「今回は今のシーンだけにして下さい」

「分ってる。君の気持を尊重するよ」

大木としては、主演女優の機嫌をそこねるのが何より怖い、ということだろう。

「――京香さん」

と、マネージャーの真弓がやって来た。「恵ちゃん、どうしますか?」

「悪いけど、マンションに送ってあげて。今日もきっと遅くなるわ」

「分りました」

「夕食、よかったら付合ってあげてくれる? 私が帰るまでは、とても我慢できないでしょ」

「承知しました。どこか適当に……」

「ええ、あの子の希望を聞いて。どこでもいいから」

「はい、それじゃ」

と、真弓は言って、恵の方へと歩いて行った。

恵ちゃん……。京香は、恵が「他の誰か」であることを分っている。

しかし、理屈ではなく、京香の中にある確信が生まれていた。

あの子は、恵ちゃんの「生まれ変り」だ。——きっとそうだ。

誰も知らないことだが、京香は二十代の初め、恋に落ちた男優の子を産んだ。

妊娠が発覚しないよう、お腹が目立つ前にアメリカへ「演技の勉強」に行き、一年後に戻った。

恵、と名づけられたその子は、六歳のとき、事故で死んだ。もう十年以上たつ。

その事故では、乗っていたスクールバスがタンクローリーと衝突して、十人以上が焼け死んだのだった。死体は見分けがつかないほど焼けてしまっていて、歯の状態で恵と確認されたのだ。

死んだのは本当に恵だったのか？　その思いは、この十年間、消えなかった。

そして——現われた少女。今、十六、七。恵が生きていれば、あれくらいだ。しかも、当人は、自分が誰か分らないという。

「恵ちゃん……」

あの子は帰って来たのだ！　私のところに……。

「──京香さん、お願いします！」

と、助監督が呼んだ。

「はい、今行くわ」

京香は「女優」の顔になった。

ワンカット撮って、カメラの位置を変えるのを待っていると──。

「すみません、刈谷さん」

と、女性の声がして、振り向く。

「あ、あなた確か、Sテレビの……」

「はい、水沢です。先日は取材のとき、お世話になりました」

「いいえ、何かご用？」

「実は、この方がちょっと……」

片山義太郎。警視庁の刑事？

「刑事さんが何か？」

「お仕事中、申し訳ありません」

と、片山は言った。「今、スタッフの方に訊くと、刈谷さんと一緒の女の子のことじやないかと言われたので」

「女の子？」

片山は、行方が分らない浜中美咲を捜していることを説明した。そして、ここへ来た事情を話したが――。

「じゃあ、それって恵ちゃんのことね」

と、京香は言った。

「ご存じの子ですか？」

「私の姪なの。残念だけど、その浜中……何とかという子じゃないわ」

「そうですか。恵ちゃんという……」

「ええ。刈谷恵。小さいころからよく知ってて、今、私の所に泊りに来ているの」

「そうでしたか」

片山は息をつくと、「分りました。お邪魔して」

「いいえ、どういたしまして」

「すみません、刈谷さん」

と、水沢亜矢が言った。「私が、よく似た子がいると言ったものですから」

「いいのよ、そんなこと。そんな可哀そうな子だったら、早く見付かるといいわね」

「どうも……」

片山と水沢亜矢は、スタッフの間を抜けて行った。

——京香は硬い表情になって、カメラの用意をするスタッフを眺めた。

浜中美咲。

あの子はそういう名なのだろうか？

ここにいなくて良かったわ。——そう、これであの片山とかいう刑事も諦めるだろう。

「京香さん、お願いします」

「はい！」

——決して、決してあの子を手放しはしない。

京香は一つ息をついて、カメラの前に出て行った。


「何だか妙です」

と、水沢亜矢は言った。

ロケをしていた都内の公園を二人して出たところだった。

「——妙って？」

と、片山は訊いた。

「京香さんです」

と、水沢亜矢は言った。「ともかくスターですから当然かもしれませんけど、いつもはあんな風じゃありません」

「というと?」

「もっと……怖いっていうか、ツンと澄ましてます。もちろんインタビューでも、カメラがあって回ると、ニコニコしますけど、ただお話を聞くだけだと、ほとんどニコリともしないのが普通です」

「すると、今日の対応は……」

「あんなに愛想のいい京香さんは初めて見ました」

と、亜矢は言った。「もちろん、相手が片山さんだったからかもしれません」

「いや、僕だから、どうってことは……。もちろん、刑事だから、ってことはあるだろうけどね」

そう言って、片山は足を止めた。「——そうか」

「どうしたんですか?」

と、亜矢がふしぎそうに訊く。

「刑事を相手にして、愛想が良くなるのは、たぶん何か隠したいことがあるときだ」

「それじゃ、京香さんはその子のことを……」

「もしそうだとすると……」

片山は少し考えて、「しかし、もし美咲ちゃんが刈谷京香の姪として一緒にいるとしたら、何か特別の事情があるのかもしれない」

「それじゃ、どうします？」

「刈谷京香の住んでる所、分るかい？」

と、片山は訊いた。

「さあ、住所は普通公表しませんから……」

と言って、亜矢は、「——あ、もしかしたら……」

「何か思い出した？」

「いえ、京香さんのマネージャーが……」

「どうかしたの？」

「関《せき》さんっていう人で、ああいう現場にも必ずいる人なんですけど、今はどこにもいませんでした」

「つまり……」

「もしかすると、恵ちゃんといってた子を、連れて出てるのかもしれません。よほどのことがない限り、関さんは京香さんのそばを離れませんから」

と、亜矢は言って、「関さんの行先なら分るかもしれません」

と、ケータイを取り出した。

15　交替

「状況は以上の通りです」

と、折原さつきは言った。

話が終っても、しばらく沈黙が続いた。

やがて、フッとため息が洩れて、

「えらいことだ」

と、重役の一人が言った。

それがきっかけで、

「どうなるんだ、〈B食品〉は？」

「株価がどれくらい下がるか……」

「今進めてる商談はどうしたら？」

「大規模なリストラか……」

「我々も危いかもしれん！」

「冗談じゃない！　俺はまだ家のローンが十年も残ってる！」

と、口々に言い出して、会議室の中は、まるでニワトリ小屋のように騒がしくなった。

折原さつきは、しばらく立ったまま会議室の中を見渡していたが……。

大きく息を吸い込むと、

「黙れ！」

と、会議室中に響き渡る声を上げた。

みんなピタリと話をやめた。

さつきは深く息をつくと、

「何をあたふたしてるんですか！」

と、一同をにらみつけて、「こんなときに、ここにいる人たちが落ちついて行動しないで、どうするんですか？　会長は今、手術の最中で、結果がどうなるか分りません。ですが、会長がお望みなのは、自分がいなくても〈B食品〉がいつも通りに仕事をすることです！　社長も、明日には出社されます。あなた方は社員の間に動揺が広がらないようにすることが第一の仕事です。マスコミも必ず今日の内に会長の件をかぎつけて来るでしょう。何ごともなかったように冷静に仕事をする姿を見せるんです！」

取締役や部長クラスは男ばかりである。その点、馬場広太郎は「女はお茶でも出しとればいい」という一世紀も前の認識しか持っていなかったのである。

「しかしね、折原君……」

と、取締役の一人が不満げに、「あの秋法さんが事実上のトップで、会長も何もできないとなると……」

「ご心配いりません」

と、さつきは言った。「社長は変られました」

「変った？」

「ええ。会長の非常事態を目の前でごらんになって、今、別人のようにモラルの高い経営者におなりです」

誰もが当惑げに顔を見合せる。

実際、以前の秋法しか知らなければ、とても想像できないだろう。

「ともかく――」

と、さつきは言った。「よろしいですか。社長のご希望です。全社員に事態をきちんと説明してほしいとのことですから」

「折原君が説明してくれ」

と、一人が言うと、

「そうだ」

「一番適任だ」

と、拍手まで起った。

さつきは、誰もが「責任を取らされることがいや」なので、こっちへ押し付けようとしていると分っていた。

しかし、他に手がなければ……。

「かしこまりました」

と、さつきは言った。「社内放送で、とりあえず手短に伝えるようにします。明日には、秋法社長からお話があるでしょうから、それまでは一切取材などに応えないように指示して下さい」

さつきは広太郎の〈会長室〉に入ると、デスクの電話を〈館内放送〉モードにして、

「社員の皆さんに申し上げます」

と、淡々とした口調で言った。

広太郎が倒れたと聞いて、社員の誰もがびっくりしているだろう。

「仕事については、当面、変更は今のところありません。落ちついて、冷静に仕事をこなして下さい」

と、さつきは結んだ。

もちろん、多少は騒ぎになるだろう。それは仕方ない。

しかし、事実を隠そうとすると、却ってとんでもない話になってしまう可能性がある

のだ。

「さあ……。私もしっかりしないと」

と、自分に言い聞かせると、さつきは会長室を出ようとした。

ドアが開いて、入って来たのは、草間だった。

「草間さん、どうしたんですか？」

「おい、本当のことを教えろ！」

草間は顔を紅潮させていた。

「何のことですか？」

「何をとぼけてるんだ。会長のことに決ってるじゃないか」

「今の放送を聞いてなかったんですか？」

「聞いたとも。しかし、俺が知りたいのは本当のことだ！」

「放送した通りですよ。今、会長は手術中で――」

「何を隠してるんだ！　俺は会長から特別なことを頼まれてるんだ。会長が倒れたなんてでたらめに決ってる」

「信じないのはご自由ですが、私は事実を述べただけです」

と、さつきは会長室を出ようとした。

「おい、待て！」

と、草間はさつきの腕をつかんだ。

「何をするんです！」

と、さつきは草間の手を振り払って、「人を呼びますよ！」

「やかましい！」

草間が平手でさつきの顔を叩いた。その勢いの強さに、さつきは床に倒れた。

「俺をなめるな！」

と、草間は怒鳴った。

しかし、殴られて倒れた折原さつきも、黙って泣いている女性ではなかった。

倒れた拍子に脱げた靴をつかむと、草間に投げつけたのである。それはみごとに草間の額に当った。

「いてっ！　こいつ——」

痛みに目がくらんで、頭をブルブルッと振ると、もう一発くらわそうとしたが——。

そのとき、すでにさつきはしっかり立ち上っていた。そして、拳を固めると、思い切り草間の顎《あご》へ叩き込んだのだった。

予期していない一撃に、草間はフラフラと体を泳がせ、壁ぎわの戸棚にぶつかった。戸棚の扉のガラスが割れる。

さつきは草間へ駆け寄ると、靴をはいている方の足で、草間の向うずねをけりつけた。

草間がその痛さに声も上げられずに片足を抱《かか》えてよろけると、さつきはもう一度、右の拳で草間の顔面を殴りつけた。

かくて——草間は大の字になってのびてしまったのである。

さつきは息をつくと、

「女をなめるな！」

と言った。


「もう靴下を呑むのはやめてくれよ」

と、その人は言った。「そんなことで死んだら天国へ入れないよ」

「すみません……」

と、室田香代はうなだれて、「やっぱり靴下がまずかったんでしょうか？」

「そりゃまずいだろう、靴下食べても」

「そんな……。神様がそんな冗談をおっしゃっていいんですか？」

「神だって、毎回毎回人間の起す問題で、てんてこまいしてるんだ。たまにはふざけなくちゃ、やってられないよ」

「神様がそんなグチをこぼされては……。人間は困ってしまいます」

と、香代は言った。「主人はどこに行ったんでしょう？　ご存知でしたら教えて下さい！」

「あのね、いくら神だって、人間一人一人、今どこにいるかなんて分るはずないだろ」

「でも、無事かどうかぐらい……」

「もう時間切れだ。次の約束があるんでね。じゃ、これで」

「そんな――。待って下さい！　見捨てないで下さい！　神様！」

と、香代は必死で手を伸した。「行かないで下さい！　お願い！」

――香代は体を揺さぶられて、目を覚ました。

「お母さん！　しっかりしてよ！」

すぐそばに、佳子の顔があった。――香代は息をついて、

「佳子……。いてくれたのね」

病室は静かで、もう暗くなっていた。

「『行かないで』とか叫んでるから、びっくりしたよ」

と、佳子は言った。「誰と話してたの？」

「え……。ああ……。ちょっと、昔知ってた人……」

まさか神様と話していたとも言えない。

「佳子、どうなの、学校？」

「うん。ちゃんと行ってるよ。片山さんのおかげで、TV局も追っかけて来なくなった

し」

「良かったね。いつまでも片山さんの所にお邪魔してちゃ申し訳ないでしょ」

「でも、本当に気をつかわなくて、楽しいの！　ああいう家に生まれたかった」

「あら、気の毒だったわね。楽しくない家に生まれて」

と、香代が言うと、佳子は、

「うん、でも……。うちもそう悪くないよ」

と、とぼけて、二人は一緒に笑ってしまった。

「お母さん、もうじき退院できると思うわ」

と、香代が言った。

「そう。良かった。――じゃ、うちに戻らないとね」

佳子は腕時計を見て、「そろそろ行かないと。お母さん、何か欲しいものある？」

「いえ別に……」

「あ、お茶のペットボトル、もう入ってないね。一本買って来てあげる」

「時間、大丈夫なの？」

「それぐらい平気。すぐ行ってくるね」

佳子は病室を出た。

一階の奥に、自動販売機がある。財布と一緒にケータイをつかんで出ていた。

エレベーターで一階に下りると、もう夜になって暗くなった待合室を抜けて行く。

「ええと……。この緑茶でいいか」

小銭を入れて、あまりサイズの大きくないのを二本買う。大きいと、ベッドで寝たまま扱うのが大変なのだ。

そんなことも、誰かが入院しないと分らないものだ。

二本のペットボトルを抱えてエレベーターへ戻ろうとすると、ケータイが鳴った。

「え？　ちょっと……」

ケータイに出るにも、ペットボトルを持ったままでは――。仕方なく、そばのベンチにペットボトルを置いてケータイを見る。

公衆電話？　もしかして……。

「もしもし？　――お父さん？」

少し間があって、

「佳子。元気か」

と、父、室田雄作の声が聞こえて来た。

「どこにいるの？　お母さんのこと……」

「うん、分ってる。――具合、どうだ」

「大分良くなったよ」

「そうか、それなら良かった」

「良くないよ！」

と、佳子は言った。「危うく死ぬところだったんだよ、お母さん。いい加減、逃げてないで出て来てよ」

「佳子、色々事情ってもんがあるんだ」

と、室田は言った。「お前たちには申し訳ないと思ってるが……」

「お父さん、沼田晴江さんを殺したの？」

佳子が訊くと、室田は、

「違う！　父さんはやってない！　俺にそんなことができないって、お前だって分ってるだろ」

「だったら、ちゃんと警察に行って、そう話しなよ」

「それが……色々難しいんだ」

「ちっとも難しくないよ。大体——」

佳子は、言葉を切った。

この病院へやって来る救急車のサイレンが聞こえた。どんどん近くなってくる。

しかし——そのサイレンが、電話からも聞こえていたのだ。

この近くにいる！

佳子は駆け出した。

「おい、佳子──」

「お父さん！　すぐ近くからかけてるんだね！　逃げないで！」

「佳子、それは──」

佳子は病院の表へと走り出た。

公衆電話！──左右を見回した。

少し離れた所に、今どき珍しい電話ボックスがあった。あれだ！

佳子はその電話ボックスに向って駆けて行った。

「お父さん！」

そこに、父親がいた。

しかし──何かおかしい。

ガラス扉にもたれかかって、佳子を見ると何か言おうとしていた。

「お父さん？」

佳子は電話ボックスの戸を開けた。とたんに室田が崩れるように倒れて来たのだ。

「お父さん！　どうしたの！」

佳子は父親の体に押されて、尻もちをついてしまった。──室田は地面に倒れて動かなかった。

「お父さん──」

佳子は息を呑んだ。父の脇腹が血に染っている。

「大変だ！　誰か！」

と叫んだが、周囲に人はいない。

そのとき──「ニャーオ」と、猫の鳴き声がした。

「ホームズ！」

ホームズが走って来たのだ。そして、その後ろから晴美も。

「晴美さん！　お父さんが……」

「しっかりして！　出血してる傷を押えるのよ！」

晴美が肩にかけていたショールを外すと、室田の傷口に当てた。「これをしっかり押えてて、すぐ人を呼んで来る」

「はい……」

「ホームズがそばにいるから。いいわね？」

ホームズが佳子にぴったりと寄り添うようにしてくれて、佳子は落ちつきを取り戻した。

晴美が病院へと走って行く。

「ありがとう、ホームズ」

佳子は、父の傷口を押えながら、涙ぐんでいた……。

「命に別状はなさそうよ」

と、晴美が言った。

「そうか、良かった」

片山は胸をなで下ろした。「話が聞けるようになれば……」

「でも、まさか……」

と言いかけて、晴美は言葉を切った。

病院の廊下で、片山たちは医師の話を待っていた。

佳子は、母親の香代のそばについている。夫が刺されたと知って、香代はショックで気を失いそうになったのだ。

「言いたいことは分ってる」

片山はそばに座っているホームズをそっと撫でた。「まさか、あの子がやったわけじゃないだろう、ってことだろ?」

「ええ。——浜中美咲ちゃんがね」

もう十六歳だ。室田を刺そうと思えば、やれないことはないだろう。

「まあ、ともかく室田が犯人を見ているかどうかだな」

と、片山は言った。

「それで、どうだったの？　女優さんのことは」

「刈谷京香のことだろ」

片山が途中まで話をしてあった。

「その姪ごさんって……」

「結局会えなかったんだ。マネージャーの女性とは連絡が取れたけど、一緒じゃないと言われてね」

本当なのかどうか、やや怪しいと思ったが、今の状況では、強引に「会わせろ」とは言えない。

しかし、刈谷京香の所にいるのは確かだから、会う機会は作れるだろう。

「ともかく、室田が沼田晴江を殺したかどうかの捜査は進みそうだ」

と、片山は言った。

そこへ、

「お待たせしました」

と、医師が汗を拭いながらやって来た。

「どうですか、具合は？」

「出血がひどくて、ちょっと心配しましたが、もう大丈夫です」

「そうですか」

片山たちはホッとした。

「ただ、重傷なのは間違いないので、今は麻酔で眠っています。お話しできるのは明日の午後になりますね」

「そうですか。しかし、助かって良かった」

「奥さんと娘さんには、看護師が伝えています」

と言って、医師は会釈すると、他の患者の所へと小走りに行ってしまった。

「大変ね、お医者さんは」

と、晴美が言うと、

「刑事だって大変だ」

と、片山が返して、ホームズがからかうように、

「ニャー」

と、ひと声、鳴いたのだった……。

16　不信のとき

絶対におかしいぞ……。

会議室には、その空気が満ちていた。

こんな馬鹿な話はない。必ず何か裏があるはずだ。

「――話した通り、父は一応手術が成功し、一命を取りとめた」

と、社長、馬場秋法は穏やかに言った。「しかし、後遺症はかなり残ると言われている。ともかく、数か月は入院治療が必要ということなので、事実上、会社の経営に携わるのは不可能な状態だ」

秋法はちょっと息をついて、「僕も頭にけがをして入院していたことは、みんなも知っている通りだ。しかし、幸い医師の許可も得て、退院することができた」

秋法は会議室に集まった社の幹部たちを見回して、

「今後の方針については、今説明した通りだ。あくまで消費者本位の正直な商売をする。表示の偽装などが発覚すれば、それは〈B食品〉の信用を低下させ、結局社の将来を危うくする。そのことを、よく肝に銘じてくれ」

何人かの幹部が、ちょっと笑い声をたてた。

「何かおかしいことがあるかね？」

と、秋法は訊いた。

「いえ……。社長、お言葉ですが、今、表示に手を加えてるのは、社長ご自身の指示ですよ」

と、一人が言った。

「そうですよ。――社長、いつまでもそんな建て前を言ってないで、本音を言って下さい」

他の幹部にも、それを聞いて肯く者が何人もいた。

秋法は軽くため息をついた。

「いいだろう。はっきり言う。今日から〈B食品〉は生まれ変るんだ。昨日までのやり方でないと仕事ができないと思う者は、今ここで辞表を書け」

その口調の真剣さに、誰もが黙ってしまった。――会議室の隅でメモを取っていた折原さつきが、秋法のそばへ寄ると、

「社長、浜中さんのことを……」

と、小声で言った。

「そうだった。――みんなも知っているように、偽装を内部告発した浜中さんは、この社を追われ、一家心中にまで追い込まれた。我々は取り返しのつかないことをやってしまったんだ。もちろん、責任は父と僕にある」

秋法は厳しい表情で、「浜中さんの名誉回復のため、新聞に全面広告を出し、社として謝罪する。行方不明の娘さんが万一生きていたら、充分な補償をしたい」

さすがに、誰もが「これは冗談でも何でもないのだ」と分ったらしい。

「各自、自分の担当する食品に表示の偽装がないか、至急調査して報告するように」

「あの……万一、偽装があったら……」

「もちろんすべて回収して処分する」

「それは……とんでもなく金がかかりますが……」

「分っている。僕の個人財産も使って、社員の給料を減らすようなことは決してしない」

「はあ……」

半ば呆然としている幹部たちへ、秋法は、

「以上だ。疑問があれば、いつでもじかに僕の所へ言って来てくれ。――これで終了」

幹部たちが無言でノロノロと会議室を出て行く。

「――やれやれ」

と、秋法は残った折原さつきへ言った。「なかなか信じてくれないようだな」

「そうですね。たぶん、今でもみんな半信半疑ですよ」

と、さつきは言ってから、少し改って、「社長。――申し訳ありませんでした」

「何だい、突然？」

「会長とのこと。病院で取り乱したこと……。お恥ずかしいです」

「謝ることはない。いけないのは父だよ」

「でも、私も、いい年齢《とし》をした大人の女です。会長にどう誘われても拒むべきでした」

「人間は誰だって、後悔するようなことをやってしまうものさ」

「そうですね」

と、さつきは微笑んで、「浜中美咲ちゃんが生きていてくれるといいのですが」

「そうだね。――そういえば、室田のことで何か……」

「ええ、片山刑事さんが知らせて来ました。室田さんが誰かに刺されたと。命に別状はないそうですが」

「そうか。それは良かった」

「それと、もう一つ……」

「うん？」

「草間さんのことです」

「ああ、聞いたよ。君がのしてしまったそうだな」

「散々毒づいて出て行きましたが、気になることを言ってました」

「というと？」

「会長から『特別なこと』を頼まれてるんだ、と言ったんです」

「父から？　何だろう？」

「あの草間に頼むって、どうもろくでもないことのように思えて……。すみません」

「いや、その通りだよ。草間に何をやらせようとしたんだろう？」

秋法は首をかしげた。「君、悪いけど――」

「病院へ行って、会長の意識が戻られたら、何のことなのか伺ってみます」

「頼む。よく分るね、君は」

「それがいいとも限りませんけど」

と、さつきが言ったとき、

「ニャー」

と、声がして、会議室へホームズが入って来た。

もちろん、片山も一緒だったのである。

「あ、片山さん」

と、折原さつきは、ちょっとかしこまって、

「病院ではお見苦しいところをお見せしてしまって」

「いや、そんなことは……」

片山は何と言っていいか分らず、口ごもって、「――社内の雰囲気が、何だか普通じゃないようでしたが」

「外から来られた方にも分ってしまうんですね」

と、秋法は苦笑いした。

「室田さんのことは……」

「今、折原君からも聞いてびっくりしていたところです。誰がやったのか……」

「それはまだ。――意識が戻ったときに、犯人を憶えていてくれるといいのですが」

と、片山は言った。「そういえば、あなたにけがをさせた草間さんが見えませんでしたね」

「お休みしています」

と、さつきが言った。「私がノックアウトしたものですから、ふてくされてるんでしょう」

話を聞いて、さつきが文字通り「ノックアウト」したのだと分ると、片山は笑ってしまった。

「いや、ご立派です」

「まあ、刑事さんにほめていただけるなんて」

と、さつきは微笑んだ。

「いや、我が家もそうですが、女性が強いに越したことはありません。な、ホームズ?」

「ニャー」

と、ホームズが同意した。

「ところで」

と、片山は椅子にかけて、「沼田晴江さんが殺された事件ですが、室田さんは娘の佳子さんに『絶対にやっていない』と言っていたそうです。逃亡していたことは問題ですが、僕も犯人が別にいるという気がしています」

「同感です」

と、秋法は肯いて、「室田は気の小さい男ですし、女に弱いのも確かですが、殺してしまうというのは……」

そして、秋法は思い出したように、

「そうだ。僕が草間に後ろから襲われたとき、彼が〈ミッチ〉というホステスのことを言ってたんです。ヘロインを持っていて逮捕されたのは、その〈ミッチ〉に騙されたんだと主張していたようですが」

「ええ、担当の刑事から聞きました」

と、片山は肯いて、「しかし、草間さんの言ったホステスはいなかったと……」

「ですが、草間は〈ミッチ〉が実在の女だと信じていたでしょう。あのときの様子では、間違いなく……」

折原さつきが、呟くように、

「〈ミッチ〉ですか……」

と言った。

「折原君、心当りがあるのか？」

秋法に訊かれて、

「はっきり聞いたわけではないのですが……」

と、考えながら、「会長には、愛人に産ませた隠し子がいると聞いたことがあります」

「親父が？　――まあ、いてもふしぎじゃないな」

と、秋法はため息をついた。「君も、その点では……」

「私のことはいいんです。その会長の娘さんが、確か〈みちよ〉という名だったと思います」

「〈みちよ〉？　〈ミッチ〉か。――そうかもしれないな。何歳ぐらいだろう？」

「さあ……。たぶん二十代の――後半ぐらいにはなっているんじゃないでしょうか」

「もし、その女性が草間さんを逮捕されるように仕向けたのだとしたら」

と、片山は言った。「何か目的があったはずですね。草間さんが断れないようにしたということでしょう」

「じゃ、会長から頼まれた『特別なこと』というのが、それなのかもしれません」

と、さつきが言った。

「というと？」

片山は、さつきの話を聞いて、「なるほど、その可能性はありますね。こうなると、これからすぐに草間さんに会う必要がありそうです」

「草間のマンションは分ります。社長、私も片山さんに同行してよろしいでしょうか」

「もちろんだ。何かあったら連絡してくれ」

「かしこまりました」

さつきは一礼すると、「すぐ車を用意します。片山さん、ビルの正面でお待ちになっていて下さい」

「よろしく」

足早に会議室を出て行くさつきを見送って、片山は、「仕事のできる人っていうのは、動き一つ取ってもむだがない。な、ホームズ」

「ニャー」

ホームズが感心したように鳴いて、秋法が笑った。

「このマンションです」

折原さつきが車を停めて言った。

大分古びたマンションだが、一応五階建で、しっかりした造りの印象だった。

片山とホームズは、さつきについてマンションに入って行った。

オートロックのシステムはない。エレベーターも一台だけだった。

「奥さんに逃げられて一人暮しです」

と、さつきがエレベーターのボタンを押しながら、「浜中さんの会社を潰すのに草間が役に立ったというので、このマンションを社長が買ってやったと聞いています」

エレベーターに乗ると、〈3〉を押して、「浜中さんは気の毒でした。でも、私だってあのときは会長の言いなりでしたから……」

「浜中美咲ちゃんかもしれない女の子がいるんですが」

と、片山が言った。

「本当ですか？　もしそうであってくれたら……」

エレベーターが三階に着く。

「〈303〉です」

さつきが、先に立って廊下を歩いて行く。「ここですね。いるかしら」

表札は入っていなかった。さつきがチャイムを鳴らそうとしたとき、

「ニャー！」

と、ホームズが鋭く鳴いた。

「何かあるんだ」

と、片山が言って、「任せて下さい」

ドアノブを回すと、ドアは開いた。

そして——ドアを開けたとたん、

「助けて！」

と叫んで、女が飛び出して来て、片山は正面から受け止める格好になった。

「危い！」

と、さつきが言った。

片山は女にぶつかられて、廊下に尻もちをついてしまったのだ。

「草間さん！」

さつきは、玄関へ女を追って出て来た草間と向き合っていた。

「何しに来た！」

と、草間は血走った目で、叫んだ。

ホームズが飛びかかって、草間の右手に爪を立てた。草間の手からナイフが落ちる。

「痛《いて》え！　畜生！」

草間は右手を押えると、部屋の中へ駆け込んだ。

「片山さん！　大丈夫ですか？」

さつきが、片山に覆いかぶさった女を抱き起した。

片山が息をついて、

「びっくりした！　草間は――」

「刺されてるわ」

女は下着姿で、ぐったりしていた。背中に血が広がっている。

片山は立ち上ると、部屋へ飛び込んだ。

「来るな！」

草間が怒鳴った。正面の窓が開いている。

「抵抗するな！」

片山がテーブルを乗り越えて近付くと、

「捕まらないぞ！」

と叫んで、草間は窓枠に足をかけた。

「よせ！」

草間の姿が窓の向うに消える。

ここは三階だ。片山は急いで窓から下を見た。真下がマンションの入口で、屋根が張り出している。草間はその上に飛び下りたのだ。

そして、裸足のまま地面へと下りると、走って行った。

「待て！」

片山も飛び下りようとしたが、

「片山さん！」

と、さつきが呼んだ。

そうだ。刺された女の方が——。

部屋に、女の服が散らばっていた。無理に脱がせたのだろう、ブラウスが裂けていた。

「救急車を呼びます」

片山はすぐに救急車を手配したが、女はぐったりとして意識がない。

「この人……きっと〈みちよ〉さんです」

と、さつきが言った。「一度写真を見たことが」

「出血を止めないと」

「私が。——でも、傷が深そうですね」

そのとき、女が咳込んで、目を開けた。

「しっかりして！　〈みちよ〉さんですね？」

と、さつきが声をかける。

「あなた……さつきさんね」

と、かすれた声で言った。「浜中さんが……」

「浜中さんが？」

「美咲ちゃんを……美咲ちゃんを守って……」

と、〈みちよ〉が苦しげに絞り出すような声で言った。

「草間は何をしようとしてるんです？」

と片山は言った。「聞こえますか？」

〈みちよ〉が体を一瞬震わせると、

「浜中さん……」

と呟くように言って、大きく息を吐き出した。

片山は女の脈をみて、

「――だめだ」

と、首を振った。「草間を急いで手配します」

片山は緊急手配の連絡をすると、やっと少し落ちついた。

「片山さん……」

と、さつきが言った。

「聞きましたよ。『美咲ちゃんを守って』と彼女は言った」

「浜中美咲ちゃんが生きているってことですね。それって」

「そうです。そして、草間がそのことを知っているという意味でしょう」

「草間は……」

「この女性の言い方は、かなり切羽詰ってましたね。美咲ちゃんに危険が迫っていることを知っていたようだ」

「じゃ、草間は美咲ちゃんの居場所も知っているってことでしょうか？」

「そう……。もしかすると……」

「片山さん、さっき美咲ちゃんらしい女の子がいる、って言いましたよね」

片山は肯いて、

「もしその子が美咲ちゃんだとすると、草間の手から守らなくては。遠慮してる場合じゃない！」

片山はパトカーのサイレンが聞こえてくると、「ホームズ、行くぞ」

と促した。

17 隠れ家

「片山さん」

ロケ現場で片山たちを待っていたのは、リポーターの水沢亜矢。

「どうですか？」

と、片山は言った。

「今、あの庭園の中で撮影しています」

明るい日射しの下、和風の庭園にロケ隊が入っていた。——片山は、ずっと奥に、カメラと刈谷京香の姿を見付けた。

「お兄さん」

晴美もやって来た。「美咲ちゃんが——」

「うん、危いかもしれないんだ。水沢さん、写真を持って来てもらえましたか？」

「はい。沢山資料を集めたので」

亜矢はタブレットを取り出すと、浜中美咲の鮮明な写真を見せた。

「これなら分る。――マネージャーの関さんをここへ呼んで下さい」

と、片山は言った。「警察が来ているとは言わないで」

「分りました」

亜矢は関真弓に電話して、「――どうしても、追加取材したいの。待ってるから来て」

亜矢は肯いて、

「すぐ来ます。よく動く人ですから」

「刈谷京香さんは、何としてもその女の子を姪と言い張っています。たぶん、いくら問い詰めてもむだでしょう」

「そうですね。――あ、来ました」

ジーンズ姿の女性が小走りにやって来る。そして、片山たちを見ると、戸惑ったように足を止めた。

「警視庁の者です」

と、片山は言った。「刈谷さんが姪の恵ちゃんと呼んでいる女の子のことで」

「私――ご返事できません」

「一刻を争うんです！　この写真を見て下さい」

亜矢がタブレットの写真を見せる。真弓がハッとした。

「恵ちゃんと呼んでいるのは、この子ですね？」

「この子は浜中美咲ちゃん。一家心中した浜中親子の生き残った子なんです。どうして刈谷さんが美咲ちゃんを恵という子だと言い張っているのかは分りません。しかし、この子は間違いなく浜中美咲ちゃんで、そして、今命を狙われているんです」

「命を？」

「そうです。しかも、今にも危険が迫っているのかもしれません」

と、片山は言った。「この子がどこにいるか、知っていたら教えて下さい」

それでも、なお関真弓はためらっていた。刈谷京香のマネージャーとしては当然だろう。

そのとき、真弓の足下にホームズがトットッと寄って行くと、やさしい声で、

「ニャーオ」

と鳴いたのである。

真弓はハッとしたように足下のホームズを見た。そして見上げるホームズと目が合った……。

真弓は大きく息をつくと、

「分りました」

と言った。

「この子、刈谷さんのマンションにいるんですか？」

と、亜矢が訊くと、

「昨日までは」

と、真弓が言った。

「それじゃ——」

「京香さんの言いつけで、ゆうべ連れて行ったんです。別荘へ」

「それはどこですか？」

と、片山が訊く。

「箱根《はこね》の山の中です。京香さんが、何かスキャンダルなどに巻き込まれたときのために買っておいたもので……」

「場所を教えて下さい」

と、片山は言った。

「それが……。住所は知りません。車で送って行ったのですが」

「彼女は一人でいるんですか？」

「ええ。京香さんは、このロケが済むと、二日ほどオフになるので、後から行くことにして」

「連れて行って下さい」

真弓は肯いて、

「分りました。車を取って来ます」

と言うと、勢いよく駆け出した。


「おい、ライトの角度が悪い」

と、大木が言った。「もう少し上から当ててくれ」

「分りました」

照明の係が、「足場を組み直すので、少しかかります」

と言った。

「よし。少し休憩だ」

「助かったわ」

と、刈谷京香は息をついて、「喉が渇いた。——真弓ちゃんは?」

助監督の一人が、

「さっき、呼ばれて行きましたよ」

と言った。

「呼ばれて? 誰に?」

「さあ……。捜しましょうか? ペットボトルのお茶ならありますけど」

「いえ、いいわ」

真弓が京香のそばを離れることは、めったにない。京香は気になった。

そして――京香は自分の乗って来たワゴン車が、庭園の出口へ向っているのを見た。

「どういうこと？」

あの車を運転しているのは真弓だろう。しかし、京香に黙って？

そのとき、ワゴン車が停って、誰かが乗り込んでいるのが見えた。

あれは――片山という刑事だ！

真弓がどこへ行こうとしているか、京香は察した。

あの子を――恵を私から奪おうとしてるんだ！

京香はそばにいた助監督に、

「あんた、車で来たの？」

と訊いた。

「ええ、そうですけど」

「車のキーを貸して！」

「え？」

「いいから！　早くして！」

何しろ相手は主演女優だ。ポカンとしながらも、助監督は車のキーを渡してしまった。

「どの車？」

「あの……赤い小型の――」

「分ったわ！」

京香は走り出した。

駐車場へ駆け込むと、およそ中古もいいところの赤い車が目についた。

京香は車を出した。――ワゴン車はもう見えない。

しかし、間違いないだろう。ワゴン車は別荘へ向っているのだ。

「裏切ったわね！」

真弓への怒りを口にしたが、ケータイも何も持っていないことに気付いた。真弓へ電話して、やめさせることもできたかもしれない。

しかし、すでに車はスピードを上げていた。今さら戻っていられない！

「恵ちゃん……」

京香はハンドルをしっかり握りしめて、「もう二度と――二度とあなたを失わないわよ！」

しかし、ワゴン車を追っても、追いつくことは難しいだろう。

「――そうだわ」

真弓は別荘への道を一通りしか知らないが、京香は他の道を知っている。うまく行けば、先に別荘に着けるかもしれない。

京香は隣の車線に強引に割り込むと、アクセルを踏んだ。


「え……。まさか」

と、美咲は呟いた。

退屈していた。——京香の言いつけで、あの真弓さんというマネージャーにここへ連れて来られた。

山の中の別荘で、ケータイの電波も入らない。

不服だったが、京香の言いつけに、今逆らうわけにはいかない。

それに、真弓もどうして美咲をここへ連れて来たのか分っていないようだった。

山の中とはいえ、別荘そのものはしっかりした二階建の造りで、生活に必要なものはすべて揃っている。

冷蔵庫、冷凍庫には、食べるものが詰っているし、CDを聞いたり、DVDで映画も見られる。

しかし——今の美咲には、じっとしているのが苛立たしいのだ。

いつまでここにいればいいのかも分らない。真弓の話では、明日には京香がここへ来るということだが。

――刈谷恵として京香の所で過していたのは、あくまで「仮の姿」。

浜中美咲として、両親と弟を死なせた連中に仕返ししてやるのだ。

こんな山の中では何もできない……。

ところが――。

「まさか」

と、思わず呟いたのは、TVのニュースを見たときだった。

〈逃走中の容疑者刺される〉

というタイトルで、次に画面に出て来たのは、美咲もよく知っている顔だった。

「これ……室田だ」

室田雄作。――〈B食品〉の部長。

美咲の父を〈B食品〉から追い出し、一家心中へと追いやった。直接の「実行犯」だ。

許せない！　この手で、仕返ししてやる、と決心していた。

ところが、その室田が、浮気相手の女性社員を殺した容疑で手配された。そして、ニュースでは、室田当人が誰かに刺されたというのだ。

もちろん、美咲としては室田に同情はしない。しかし、誰がやったのだろう？　命は取り止めたということだが。

「私がやっつけたかったのに」

と、美咲は不満げに呟いた。

そのとき、車の音が聞こえた。——空耳かと思ったが、正面玄関に車の停る音がしたのだ。

誰だろう?

真弓の話では、刈谷京香は明日にならないと来られないということだったが。

美咲は、TVを消して立ち上ると、玄関の方へと出て行った……。


「——ここです」

と、真弓は言って、ワゴン車を、別荘の正面に停めた。

「立派な建物ね」

と、晴美が言った。

ドアが開くと、片山が先に降りて、その足下からホームズが地面に降り立った。

真弓が運転席から降りると、玄関のドアへと小走りに駆けて行って、チャイムを鳴らした。

少し待ったが、返事がない。片山はドアを開けた。鍵がかかっていない。

「入ろう」

中へ入ると、真弓が、

「恵ちゃん！」

と呼んだ。「恵ちゃん！　真弓です！」

明りは点いているが、返事はなかった。

「捜して下さい」

と、片山は言った。「手分けして。――晴美、二階を」

「うん」

晴美はホームズを連れて、階段を駆け上って行った。

別荘としては広いが、それでも家の中に誰もいないと分るまでに時間はかからなかった。

「――どこに行ったのかしら」

真弓が不安げに言った。

「特に荒らされた様子もない」

と、片山は言った。「出かけたとしても」

「車なしで、どこかへ出かけるなんて、考えられません」

と、真弓は言った。「一体どこに行ったんでしょう？」

「ケータイは？」

「ここは山の中で、電波が入らないんです」

「仕方ないな」

と、片山は首を振った。「こうなると……」

そのとき、ホームズがタッタッと玄関の方へ出て行った。

「どうしたの？」

と、晴美が追いかけて行く。

ホームズが玄関から下りて、晴美を見上げた。

「——お兄さん」

「どうした？」

晴美は唇にそっと指を当てると、

「これ以上いても仕方ないわ。帰りましょう」

「しかし……」

「ここにあの子がいないってことは、刈谷京香さんが連れ出したのよ。他に考えられないわ」

「でも、京香さんは……」

と、真弓が言って、言葉を切った。

玄関の脇に置かれた靴箱の方へ歩いて行ったホームズが、その裏側の隙間に首を突っ込むと、女ものの靴をくわえて出て来たのだ。

真弓が目をみはった。——晴美はメモ帳を取り出すと、

〈刈谷さんの靴ですか?〉

と書いて、真弓に見せた。

真弓が肯く。晴美はさらに、

〈刈谷さんが先回りして、美咲ちゃんと二人でどこかに隠れているんです。諦めたふりをして出ましょう〉

と書いて、片山たちにも見せた。

片山は肯いて、

「ともかく、マンションに戻ってみよう。ここにいないってことは、何か理由があって、戻ったとしか思えない」

「分りました」

と、真弓が言った。

晴美がホームズのくわえて来た靴を元の場所に戻すと、みんなで玄関を出た。

「車で、一旦ここを離れましょう」

と、片山は言った。「我々が引き上げたと思えば、きっと隠れ場所から出て来ますよ」

ワゴン車は別荘を後にした。

——しばらく、別荘の中は静かだった。

十分近くたって、広い居間の奥、作りつけの戸棚が、カタッと音をたて、静かにドアのように開いて来た。

「——京香さん」

と、美咲が言った。「私……」

「いいの。何も言わないで」

と、京香は言った。「あなたは恵ちゃん。私が十年前に失った子なの」

そう言って、京香は穏やかに微笑んで、美咲の肩を抱いた……。


「十年前？」

京香の言葉に、美咲は戸惑った。

「ええ、そうなのよ。恵ちゃんは六歳のとき事故にあったの」

と、京香は言った。「それきり、私の前からいなくなった。でも、私には分ってたの。恵ちゃんは必ず生きてる、って」

「京香さん——」

「我が子が死ねば分るわよ。ねえ？　恵ちゃんはきっとどこかで生きてるんだって信じてた。そして——今、こうして私のもとへ帰って来てくれた！」

美咲は、京香の口調に、初めてどこかまともでないものを感じた。

この人は、本当に私のことを自分の娘だと思ってる。――美咲はどうしたらいいのか分らなかった。

「恵ちゃん」

と、京香は言った。「さっきの人たちは、あなたをよそへ連れて行こうとしてる。だめよ、ついて行っちゃ。あなたを――何とか言ったわね。美咲だったかしら。そういう名前の別の子だと思い込んでるの。あなたはずっとここにいて。ここなら誰もやって来ないわ」

「でも――」

「今の人たちは、ここを捜して、どこにもいないと思って帰って行ったのよ。だから、ここにいれば大丈夫」

美咲は少し力をこめて京香の腕から出ると、「京香さん」

と言った。「黙っていてごめんなさい。私は本当は浜中美咲というんです。あの人たちが捜してたのは、私のことで……」

「いけないわ」

と、京香は首を振って、「あなたもそう思い込んでるだけ。あなたは刈谷恵なの。もう二度と私の前から消えないでちょうだい」

この人は、本心から信じている。――美咲はどうしたら分ってもらえるかしら、と思った。

「さあ、私、撮影に戻らないと」

と、京香は言った。「私はプロの役者だから、仕事はきちんとこなすのよ。恵ちゃん、一人で寂しいかもしれないけど、辛抱してね。明日はお休みだから、ゆっくり相談しましょうね。これからどうしたらいいか。——そうね、ハワイにでも行ってしまえば、捜せないでしょう。それがいいかもしれないわね」

「でも、京香さん——」

「じゃ、行くわ。車は裏手に隠しておいた。ボロ車で、ちょっと気に入らないけど、でも先回りして来られたから、良かったわ」

京香は、美咲の言おうとすることなど全く気にとめず、居間を出て行った。

「どうしよう……」

一時的に身を隠すだけのつもりだったが、まさかこんなことになるなんて……。

恵という子がいたのは、きっと本当のことなのだろう。そして十年間、京香はずっとその子のことを諦め切れずにいた……。

「ここを出なきゃ」

と、美咲は呟いた。「ずっとここにいたら何もできない」

それに、今捜しに来た人たちが、これで諦めるわけがない。京香だって、ずっと美咲を隠しておくことはできない。

でも、車がないし……。

そのとき、京香がフラッと居間へ入って来た。

「京香さん、どうしたんですか？」

忘れ物？　そう訊こうとしたが――。様子がおかしかった。

「恵ちゃん！」

と、京香は訴えかけるように言った。「気を付けて！」

そして、京香はよろけると、床に突っ伏すように倒れた。

「京香さん！」

美咲は駆け寄った。京香の背中に、じわじわと広がっているのは、血だった。

「京香さん！　どうして……」

そのとき、美咲は、そこに立っている男に気付いた。

「京香さんに――何したの！」

と、美咲は言った。

「簡単さ」

と、男は言った。「邪魔だから殺した」

「そんな……」

「浜中美咲だな?」

と、男は言った。「俺は草間だ」

「憶えてる! お父さんの会社を潰した奴だ!」

草間は笑って、

「俺も憶えてる。なかなか可愛い子がいると思ってたんだ」

と言った。「せっかく一家心中しようとしたのに、お前一人、生き残ったんだな」

「だから何なの?」

「一人ぼっちじゃ可哀そうだ。お前も家族の所に送ってやろうと思ってな」

「私、死なないよ。仕返ししてやるんだ」

「ほう、勇ましいな」

と、草間は首を振って、「子供にゃ無理だと思うぜ」

草間の手にはナイフがあった。刃が血で汚れている。

京香さん……。

美咲は、パッと駆け出して、草間の脇をすり抜けて、居間を飛び出した。

草間は、美咲が怖くて身動きできないだろうと思っていたので、一瞬動けなかった。

「――待て!」

と、美咲の後を追う。

美咲は、玄関へと駆けて行った。靴をはく余裕はない。スリッパを脱ぎ捨てて、玄関から外へと駆け出して行った。

正面に車が停っている。それをよけて走ろうとして、砂利《じゃり》に足を取られた。

アッと思う間もなく転んで、車に頭をぶつけてしまった。

起き上ろうとしたが、目が回って立てない。

よろけつつ、何とか立ち上ると、草間が追いついて、美咲のお腹を殴った。

美咲は呻きながら体を折って、そのまま地面に倒れ込んで、気を失ってしまった……。

「戻ってみるか」

と、片山は言った。

「でも、車で行ったら——」

と、晴美が言った。

「気付かれるな。歩いて行く。すぐだ」

と、ワゴン車を降りる。

片山と晴美、そしてホームズの三人で、道を上って行った。

「——でも、刈谷京香さんは何を考えてるのかしら」

と、晴美が言った。

「さあな。ともかく、美咲ちゃんを保護しないと」

片山たちは、別荘の見える所までやって来た。

「——お兄さん」

「うん。車がある」

さっきは玄関前に車はなかったのに……。

「京香さんの車かしら」

「ともかく、我々より先にここへ着いてたんだ。たぶん、裏手にでも隠してたんだろう」

「ニャー」

と、ホームズが車の前に回って鳴いた。

「お兄さん、この車、レンタカーよ」

「本当だ。じゃ、京香さんの車じゃないな、きっと」

ロケ現場から出て、片山たちのワゴン車の先回りをしたとすれば、レンタカーというのはおかしい。

「じゃ、他の誰かが……」

と、晴美が言った。「まさか——草間が？」

「中へ入ろう」

玄関のドアは鍵がかかっていなかった。

中へ入ると、居間が明るい。

「誰か倒れてるわ」

と、晴美が言った。

「京香さんだ！」

片山は駆け寄って、背中が血に染っているのを見た。

「京香さん！」

仰向けにすると、京香は低く呻いた。

「刺されたんだ。――息がある」

京香が、うっすらと目を開けた。

「刑事さん……。あの子が……」

「どうしたんです？」

しかし、京香は答える力を失って、そのまま意識を失った。

「病院へ運ばないと」

と、片山が言ったとき、ホームズが玄関の方を振り向いて、

「ニャー！」

と、鋭く鳴いた。

「お兄さん！　車の音！」

「しまった！」

片山は京香をそっと寝かせた。

晴美とホームズが先に玄関へと駆けて行く。そして、表に出たとき、正面に停っていたレンタカーが走り出していた。

「――見たか？」

と、片山が駆け出して来る。

「運転してたのは草間でしょう。助手席に女の子らしい姿がチラッと見えた」

「どこかに隠れてたんだな。――仕方ない、今は京香さんを運ばないと」

片山は、真弓がワゴン車を停めている所へと、坂道を駆け下りた。

「――片山さん、今、車が通りましたけど」

と、真弓が言った。

「京香さんが刺された」

「え？」

「車を別荘の玄関に」

「はい！」

ワゴン車が別荘の正面に着くと、ともかく急いで京香を車へと運び込む。

「傷を押えて、出血を止めないと」

と、片山は言った。

「京香さん！　大丈夫でしょうか？」

真弓は青ざめていた。

「運転できますか？　ともかく一番近い病院へ」

「分りました！」

真弓がハンドルを握る。

ワゴン車は、フルスピードで山道を下って行く。片山はカーナビで病院を捜した。

「――これを下って、右折すると救急病院がある！」

「はい！」

よく車が横転しなかった、と後で感心するような勢いで、ワゴン車は突っ走った……。

18　手配

「やれやれ……」

片山はぐったりと長椅子に座り込んだ。

「どうだった？」

と、晴美が訊く。

「ともかく、草間のレンタカーを手配してもらったよ。しかし、たぶんもう見付からないだろうな」

――救急病院は、幸い外科がメインの病院で、運び込まれた刈谷京香を、すぐに治療してくれた。

出血が思いの外多くなかったこと、ナイフが心臓に達していなかったことで、

「幸運でしたね」

と、まだ三十代と見える青年医師は言った。

「もちろん重傷です。意識が戻るまで少しかかるかもしれませんが、命に別状ありませ

ん」

医師の言葉に、真弓は声を上げて泣き出した。

片山としては、真弓に別荘へ案内させたことで、京香が重傷を負うことになり、真弓に対して申し訳ないという思いがあったが——。

「いえ、片山さんのせいじゃありません」

と、真弓は立ち直って、「京香さんはプロの役者です。撮影現場が困っているでしょうから、監督に連絡しますけど……」

「僕が事情を説明しましょう」

と、片山は言った。

「よろしくお願いします」

病院の外へ出て、真弓はロケ現場の助監督に電話した。監督の大木が出ると、片山が真弓に替って事情を説明した。

「じゃ、京香は——」

「しばらくは入院することになります」

「そうですか……。今、京香と話せますか?」

大木の問いに、片山は面食らって、

「とても無理です。ここ二、三日は……」

「そんなことになってるんですか」

大木はため息をついて、「マネージャーの真弓に替って下さい」

真弓はケータイに出ると、

「ええ、今、治療していただいて。──はい、分ります。あの──この病院のことは伏せて下さい。そう大きな病院じゃないので、マスコミが押し寄せると迷惑がかかります」

「分った」

と、大木は言った。「『都内の病院』に入院したとだけ言おう。明日、そこに行く。場所はどこだ？」

──片山は、ホームズと一緒に、正面玄関に近い待合室に座っていた。

「何としても、浜中美咲を見付けなくっちゃな」

と、片山は言った。「しかし、どうして草間が刈谷京香を刺したりしたんだろう？」

「ニャー」

「そう……。草間の目的は、美咲ちゃんだったんだな。刈谷京香が美咲ちゃんを隠そうとしてたから、美咲ちゃんを奪うために刺したんだろう」

しかし、人を刺すというのは普通ではない。草間がなぜそこまでするのか……。

「容態は落ちついてるわ」

と、晴美がやって来て言った。

「そうか。良かった」

と、片山は安堵した。「問題は草間が美咲ちゃんをどうするつもりか、だ」

「そうねえ」

と、晴美が肯く。「ね、あの馬場広太郎会長の秘書の――」

「折原さつきさんか」

「そう、その人。草間が、会長から特別なことを頼まれてると言ってたと……」

「うん、そうだ。広太郎が倒れたことを、信じようとしなかったと言ってた」

「それって、草間が、何としても美咲ちゃんを見付けろって言われてたからじゃない？」

「そうかもしれないな。しかし、今は広太郎に訊いてもむだだろう」

「じゃあ……奥さんは？」

「奥さん……。馬場照子か」

「貧血で倒れたらしいけど、大したことなかったんでしょ？　何か知ってるかもしれないわよ。何てったって奥さんなんだから」

「そうだな……。よし、奥さんに会いに行こう」

と、片山は立ち上った。「少しでも時間をむだにできない。美咲ちゃんのことが心配

「そうね。夜中になっても構わない。私も行くわ。ここは真弓さんがいれば大丈夫よ」

片山たちは、真弓に事情を話した。

「分りました。ここは私一人で」

と、真弓は即座に言った。「車、使って下さい」

「ありがとう、助かるよ」

片山は真弓から車のキーを受け取って、晴美とホームズと共に、ワゴン車で病院を後にした。

晴美がハンドルを握り、片山は石津に電話して、馬場照子に会うべく、馬場の屋敷の前で落ち合うことにしたのだった。

そして、もちろん……。

もちろん、石津の方がずっと早く馬場邸の前に着いてしまった。

「まだ大分かかるな」

と、石津は屋敷の前で呟くと、「——そうだ。やはり捜査のためにエネルギーをたくわえる必要があるぞ」

要するに、何か食べておこうと思ったのである。

歩いて二、三分の所に、〈24時間営業〉のファミレスがあった。

もちろん、社会全体としての必要性については色々意見があるだろうが、石津個人としては、〈24時間営業〉という文字の輝きは、何よりの安心感を与えてくれるものだった。

「早々に食べて、戻らないと」

そんなに早く片山たちがやってくるはずはないのだが、一人で食事しているということに、多少の後ろめたさを覚えているので、大急ぎで食べることにしたのである。

「〈A定食〉！」

ろくにメニューも見ないで、注文する。

店内は、半分ほど埋っていた。

石津の思惑通り、〈A定食〉は十分足らずで出て来た。

「いくぞ！」

と、張り切って食べ始める。

すると――店を出ようとする女性が、石津のテーブルのそばを通りかかった。

床に水でもこぼれていたのだろう。その女性が足を滑らせた。

そして、床へ倒れそうになって、石津のテーブルにとっさにつかまったのである。

定食を食べ始めていた石津は一瞬びっくりしたが、手にしていたはしを投げ出すと、素早くその女性の腕をつかんだ。

「あ……」

「大丈夫ですか!」

石津は女性の腕を両手でつかむと、よいしょ、と引張り上げた。

「すみません! どうも……」

スーツ姿のその女性は、石津がつかまえたおかげで、床に尻もちをつかずに立ち直ることができた。

「濡れてたんですね、床が。危いな」

ウェイトレスが急いでやって来ると、

「申し訳ありません! 水がこぼれていて」

と、手にしたナプキンで床を拭いた。

「おけがはございませんか?」

「ええ、大丈夫」

四十代だろうか、少し髪が白くなっているが、そう老けた顔立ちでもない。

スカートをちょっと手で払うと、石津の方へ、

「ありがとうございました」

と、会釈した。

「いや、ちょうどタイミングが良かったんですよ」

と、石津は言ってから、「あ、はしが飛んでっちゃった。おはし、くれる?」

と、ウェイトレスへ声をかける。

「はい、ただいま」

ウェイトレスが急いで奥へ駆けて行った。

「どうも……」

と、そのスーツ姿の女性は、もう一度石津の方へ頭を下げたが——。

石津と目が合った。そして、女性の顔にどこかふしぎな表情が浮かんだ。

それから——女性がハッと息を呑んだ。目を見開いて石津を見つめた。——と思うと小走りに店のレジへと行ってしまった。

え? ——石津はポカンとしていた。

その女性は大急ぎで会計をすませると、一瞬石津の方をチラッと見て、店を出て行ってしまった。

いかに細かいことに頓着しない石津でも、今の出来事の意味は分った。

あの女性は、石津のことを知っていたのだ。そして、少なくとも、「久しぶりで懐しいわ!」という関係ではなかったのだ。

一刻も早く、石津から離れたかった。明らかにそうだった。

だが——肝心の石津の方は、今の女性のことを、一向に思い出さなかった。

「お待たせしました！」

ウェイトレスが、新しいおはしを持って来てくれる。

「や、どうもありがとう」

石津の関心は、食べかけだった定食へと戻って行った……。


片山たちのワゴン車が馬場邸の前に着いたのは、もう真夜中に近かった。

「片山さん！」

石津が車の方へ駆けて来る。

「どうした？　誰か出入りしなかったか？」

と、片山が車を降りて訊いた。

「いえ、少なくともこの二時間くらいは誰も」

「中の様子も変ったことはないか」

「お兄さん、無理よ。こんな大きな屋敷なんだもの。中の様子まで分らないわ」

「まあ、そうだけどな」

片山は屋敷の方へ目をやって、「明りは点いてるな」

「そうね。チャイムを鳴らしてみる？」

「うん……。おい、石津、この屋敷、裏口はあるか?」

「回って見ましたが、特にないようです」

「それじゃ、草間はここへ来たわけじゃないのかな……」

「あの浜中美咲という子を……」

「うん、草間が連れ出したんだと思う。あの子をどうするつもりなのか」

片山は意を決して、「よし、寝てても叩き起そう」

と、屋敷の門へと歩き出した。

すると――。

「あ!」

と、石津は声を上げたのである。

晴美がびっくりして、

「石津さん! どうしたの? どこか痛いの?」

しかし、石津は、晴美の言葉も耳に入らない様子で、呆然として、目を大きく見開いているばかり。

「どうしたんだ?」

と、片山も面食らって、「晩飯を食べるのを忘れたのか?」

「お兄さん! いくら何でも、そんなことで石津さんがこんな風にならないわよ」

「定食を……」

　と、石津が言った。

「何だ？」

「そこのファミレスで……。〈A定食〉を食べたんですが……」

「食べたのならいいじゃないか」

「そのとき、女の人が……」

「女？」

「転びそうになったんです。床に水がこぼれてて。僕が腕をつかんで引張ったので、転ばずにすんだんですが……」

「それは良かったな。しかし——」

「その女です！　僕を見て、びっくりして、急いで出て行っちゃいました」

「知り合いだったのか」

「そのときは分りませんでした。全然思い出せなくて。でも、今、突然——」

　と言いかけて、喘《あえ》ぐように息をした。「浜中美咲という名前で、思い出したんです！」

「何だって？　どういうことだ？」

「あの女……。思い出しました。あのとき、崖から飛び下りた母親ですよ！」

　石津の言葉のあまりの意外さに、片山も晴美も立ちすくんでいた。

「――ニャー」

というホームズの声で我に返ると、片山は、

「石津！　本当に間違いないのか？」

と言った。「浜中美咲の母親？　浜中咲子だったな。確かにその女だったのか？」

「お兄さん。石津さんを見て驚いたっていうんだから、きっとそうなのよ」

「息子を抱いて飛び下りて……。じゃ、少なくとも母親は生き延びていたってことか」

「そのときは全く分らなくて……。すみません！」

「当り前よ。まさか生きてるなんて……」

「そうか、あのとき、俺はトイレに行ってて、あの一家の顔をよく見てない。石津はちゃんと向い合ってたんだな」

「あれは……幽霊なんでしょうか？」

「幽霊はびっくりしないでしょ。びっくりさせる方だわ」

「母親の咲子さんは、どこかで生きてたんだ」

と、片山は自分に言い聞かせるように言った。「そして、この屋敷の近くにいたのか」

「お兄さん……」

「咲子さんが、もし馬場たちに復讐しようとしてるとしたら……」

ホームズが、馬場邸の方を向いて、

「ニャー！」

と、鋭く鳴いた。

「お兄さん、草間が美咲ちゃんをさらったのは、咲子さんの仕返しを恐れてのことかもしれないわ」

「つまり、馬場広太郎は、咲子さんが生きてることを知って、身を守るために、美咲ちゃんを何としても手に入れたかった……」

片山は馬場邸へ目をやって、「強引にでも、中を調べるぞ！」

と、屋敷の門へと駆け出し、思い切り門柱のチャイムのボタンを押した。


「片山さんですか」

意外な声が返って来た。

折原さつきだ。

カメラで片山の顔を見ているに違いない。

片山が説明しない内に、門のロックが開いた。

片山たちが駆けて行くと、玄関のドアが開いて、折原さつきがスーツ姿で立っていた。

「何があったんですか？」

「浜中美咲ちゃんが、草間にさらわれたんです」

と、片山は言った。「命が危い。奥さんはいますか」

「ええ。おやすみだと思いますが、起して来ます」

「お願いします！　ここへ誰かやって来ませんでしたか？」

「いえ。私、ずっと起きていましたから」

さつきが階段を駆け上って行く。

玄関を上った片山たちは、広い居間を覗いてみた。

「ここへは来ていないのか」

と、片山は悔しげに、「何とか美咲ちゃんを見付けないと」

少しして、馬場広太郎の妻、照子がガウンをはおってやって来た。

「何ごとですか？　こんな夜中に……」

と、片山を仏頂面《ぶっちょうづら》でにらむ。

「ご主人は、草間に浜中美咲ちゃんを見付けろと命令していたんです。あなたに何か言っていませんでしたか？」

「私は何も……。主人は、そんな話ができる状態じゃありません」

「分っています」

と、片山は言った。「しかし、何か草間に話したことについて――」

そこへ、ホームズが、

「ニャー」

と鳴いた。

「あの――馬場秋法さんはここにはいらっしゃらないんですか？」

と、晴美が訊いた。

「ここにはほとんど帰って来ません」

と、照子が言った。「都内にいくつもマンションがありますし」

「折原さん、そのマンション、知ってますか？」

「はい、たぶん。一つ残らずではないかもしれませんが」

「じゃ、一つ一つ、シラミつぶしに捜してみよう」

と、片山が言ったとき、ホームズが、

「ニャー！」

と、ちょっと厳しく、「落ちつけ！」とでも言うように鳴いた。

「お兄さん、草間は馬場親子の父親が倒れたことも信じてないわけでしょ」

「うん。――そうか、秋法さんの変りようも信じていないだろうな」

「それなら、秋法さんの所へ行っているんじゃない？」

「秋法さんは、会社に近いマンションにおいでだと思います」

と、さつきが言った。「出勤するのに楽ですから」

「そこへ行きましょう」

折原さつきが玄関へと走る。片山たちも一斉にそれに続いた。

「——何でしょうね、まあ」

一人残った照子が、呆れたように言った……。

19　親子

「何だろう?」

と呟いて、馬場秋法はベッドのそばに置いたケータイが鳴っているのを見た。

このケータイは、ごく限られた人間しか知らない。

夜中に、つまらないビジネスの話で起されるのはかなわない。

「折原さつきからだ」

手に取って発信者を見た。さつきはよほどのことでない限り、ここへかけて来ないだろう。

「――もしもし」

と、秋法はベッドに起き上って言った。「折原君か。どうした?」

「社長、申し訳ありません」

「急な用だろ。言ってくれ」

「そちらに草間さんが行っていませんか?」

「草間？　いや、来ていないよ」

「他に誰か——」

「いや、僕一人だ。何かあったのか？」

「片山刑事さんと替ります」

と、さつきは言った。

「——片山です」

「ああ。急を要することですか」

「草間が、浜中美咲ちゃんを連れ去ったようなんです」

「あの女の子を？」

「秋法さん。あのとき崖から飛び下りた浜中一家の母親が生きていたんです」

「何ですって？　確かですか」

「おそらく間違いありません」

と、片山は言った。「浜中咲子さんが生きているとしたら、〈B食品〉を恨んでいるでしょう。そちらへ向っているかもしれません」

「なるほど。しかし、このマンションに入るのは容易ではありません」

「ともかく用心して下さい。今、そちらへ向っているところです」

と、片山は言った。

「分りました」

と、秋法は言って、通話を切った。

やれやれ……。

ちょっと強く頭を振ると、

「顔を洗おう」

と呟いて、バスルームへ行った。

目を覚ましていなくてはならない。

しかし——浜中咲子が生きていたとは。

他の家族。夫の浜中由介と、息子の和哉といったか……。

みんなが助かったわけではないだろう。

せめて一人だけでも、生きていてくれて良かった……。

バスルームを出て、居間へ入って行くと——。

浜中咲子が立っていた。

「あなたね」

と、咲子は言った。「父親の馬場広太郎は？」

「入院してます。脳の出血で倒れて、もう元には戻れないでしょう」

秋法が歩み寄ろうとすると、咲子は拳銃を取り出して、銃口を秋法に向けた。

「近付いたら、撃つわよ」

と、咲子は言った。

「分りました。——奥さん」

「奥さん？　夫は海に流されてしまったでしょう。そして和哉も。——私だけが生きのびた」

「良かった。美咲ちゃんも元気でいるんですよ」

「ええ。ニュースで見たわ。あの子だけは、居合せた人が引き止めてくれたのね」

「咲子さん——こう呼べばいいですか？　あなた方には、〈B食品〉は本当にひどいことをした。心からお詫びします」

秋法は深々と頭を下げた。

咲子は口の端に笑みを浮かべると、

「突然、てのひらを返されても、ありがたくないわ」

「今は、僕が〈B食品〉の社長です。あなた方の名誉は必ず回復させます」

咲子はけげんな表情になって、

「私を言いくるめるつもり？」

「違います」

と、秋法は言った。「僕は生まれ変ったんです。すぐには信じられないでしょう。でも事実です。今、〈B食品〉は誠実な企業としてスタートしようとしています」

つい、会社での会議のような口調になってしまう。

「僕を殺したい気持は分ります。でも、それじゃ美咲ちゃんが可哀そうですよ」

咲子も娘の名を聞くと、そうたやすくは引金を引けなくなった。

でも、私たちを死なせた、憎い相手に、仕返ししてやるのだ。そのために、ここへ来たのだ。

「待っていて下さい。今、もしかすると美咲ちゃんはここへ来るかもしれない」

「何ですって？　いい加減なことを——」

「草間が美咲ちゃんをさらったんです」

「美咲を？」

「ええ。憶えていますね、草間のこと」

「当り前よ。主人を騙して、裏切った男」

と、咲子は言った。「草間が主人を死なせたのよ」

「分っています。すべては父と僕のやらせたことです。今となっては、どうしてあんなことをしたのか、悔んでいます」

「今さらそんなことを言っても、手遅れよ！　主人も息子も帰って来ない」

「確かにその通りです。でも、少しでも償わせて下さい。できることは限られているかもしれませんが――」

秋法がそう言いかけたとき、

「お母さん！」

と、声がした。

居間の戸口に、草間が立っていた。その腕にしっかり押えつけられているのは、美咲だった。

「美咲！」

「おい、娘を死なせたいか」

草間が拳銃の銃口を、美咲の頭へ押し当てた。

「やめて！」

と、咲子が叫ぶ。

「草間、その子を放せ」

と、秋法は言った。「命令だ！　その子を放して、拳銃を捨てろ」

「そうはいきませんよ」

と、草間は首を振って、「あんたはおかしくなってるんだ。俺はね、会長のために働いてる。あんたは会長を裏切ったんだ！」

「何を言ってる！　父は倒れて、もう何も指図できないんだぞ」

「信じませんよ、そんな話。会長はね、俺を信じて、すべて任せてくれた。浜中なんかに〈B食品〉を引っかき回されてたまるか、と言ってね。俺は会長から聞いてたんだ。その死にそこなった女が、会長を狙ってるってね。だから、この娘をどうしても捕まえなきゃならなかった。——おい、拳銃を捨てろ！　こいつを殺すぞ！」

「分ったわ」

咲子が拳銃を投げ捨てた。「その子を放して！」

「お母さん、危いよ！」

と、美咲が叫んだ。

草間の拳銃が咲子へ向く。

その瞬間——明りが消えて、部屋は闇に包まれた。

闇の中で、拳銃が火を噴いた。

「アッ！」

という声がした。

「どうなってるんだ！」

と、草間が怒鳴った。「誰が明りを消しやがった！」

草間の手首に鋭い爪が食い込んだ。

「ギャッ！」

と、草間が声を上げる。「何しやがる!」

拳銃を取り落とす。

「ファーッ!」

と、猫の怒りの声が響いて、明りが点いた。

「畜生!」

草間が血の流れ落ちる右手首を抱え込んで、よろけた。

「猫は暗くても見えるんだ」

片山が言った。

「お母さん!」

美咲が叫んだ。

咲子が脇腹を押えて、うずくまっていた。押えた手の下から血が流れ出している。

「貴様!」

石津が拳を固めて、草間を殴った。草間の体は一回転してカーペットの上に転り落ちた。

「石津、よせ!」

と、片山は言った。「救急車だ!」

「はい!」

晴美が石津の腕を取って、

「いい一発だったわよ」

それを聞いて、石津が嬉しそうに微笑んだ。

「出血を止めないと」

折原さつきが、咲子に駆け寄った。「社長、シーツか何か、傷口を押えるものを！」

「分った」

秋法がバスルームへ駆けて行くと、バスタオルを何枚も抱えて戻って来た。

「お母さん……」

美咲が、咲子の手をしっかりと握る。

「美咲……。けがはない？」

と、咲子が荒く息をしながら訊く。

「私は大丈夫。お母さん――」

「私だけ……死ななかったの。通りかかった船に助けられてね……。でも、お父さんと和哉は……」

「良かった。お母さん、私を一人にしないでね」

「ええ……。そのつもりだけど……」

「大丈夫ですよ」

と、さつきが言った。「出血さえ止まれば。すぐ、救急車が来ます」

「おい！　血が止まらないんだ！」

と、草間が泣き声を上げていた。

片山がケータイで連絡しながら、

「秋法さん、マンションの前に救急車が来たら、すぐここへ案内して下さい」

「分りました！」

秋法が鍵を手に、玄関へと駆けて行った。


救急車が揺れると、咲子が低い呻き声を上げた。

「お母さん。――痛い？」

救急車に、母に付き添って乗った美咲は、両手で包み込むように、母の右手をしっかりと握っていた。

「もうすぐ病院に着くからね！」

と、美咲は励ました。

咲子は、娘を見つめて、

「お母さんは大丈夫……。美咲が元気でいてくれただけで、自分の傷なんか何でもない」

と言った。

「お母さん……」

「美咲。——私はね、後悔してるの」

「え……」

「どうして……死のうとするのを止めなかったのか、って。お父さんが、どんなに辛いと思っても、死ぬのを止めなきゃいけなかった、って……。和哉を抱いて、あの崖から飛び下りた瞬間に、もう後悔していたわ。どうしてこんなことをしてしまったのかしら、って思った。自分が死ぬだけならともかく、和哉の命を、この子の人生を奪っちゃいけなかったと思ったの。でも——もちろん、手遅れだったけど」

「あんまりしゃべらないで。もうすぐ病院に……」

「あなたが生きていると知ったときは……嬉しかった」

と、咲子は言った。「すぐにでも会いたかった。でも、どこにいるのか分らなかったし、あなたに申し訳なくて……」

「そんなこと……。仕方なかったんだよ。あのときは、あんまり辛くて、死ぬしかないって思ったんだもの」

「そうね……」

咲子は小さく肯いて、「美咲に慰められてちゃ仕方ないわね」

と、かすかに微笑んだ。

「病院に着きます!」

と、救急隊員が言った。

救急車が、大きな病院の〈救急外来〉の入口前に横づけすると、病院の中から、看護師が駆け出して来た。

救急車の後ろの扉が開く。

美咲はポンと飛び下りると、

「お母さんをお願いします!」

と、叫ぶように言った。

20 静寂

「意外と傷は深かったようだな」

と、片山が言った。

「仕方ないわよ。自業自得《じごうじとく》」

と、晴美が冷たく言っているのは、もちろん浜中咲子のことではなく、ホームズの爪に右手首をやられた草間のこと。

「ホームズも、思い切り爪を立てたんだな」

「ニャー」

「ホームズも自業自得だって言ってるわ」

病院の廊下で話している片山たちだったが、それを聞いて、ちょっと笑うのが聞こえた。

「美咲ちゃんか」

片山は、浜中美咲が立っているのを見て、

「お母さんはどう?」

「今、眠ってます」

と、美咲は言った。「弾丸を取り出して、危いところには傷がついてないから、大事にはならないって、先生が」

「それは良かった」

「片山さん……。私のせいで、色々お手数かけて、すみませんでした」

と、美咲は言った。

「いや、いいんだ。君が何としても〈B食品〉に仕返ししてやりたいと思ったのも当然だよ」

「ええ……。もちろん、今でも〈B食品〉は憎いです。あの会長、社長とか、室田、草間っていう人たちだけでなく、内部告発したお父さんを、いじめて追い詰めた、会社の人たち、みんなが憎い。誰一人、お父さんの味方をしてくれる人がいなかったこと。——組合だって、お父さんが訴えても取り合ってくれなかった」

美咲が眉根《まゆね》を寄せて、「そういうことが、どうして放っておかれるんでしょう? 正しいことをしたのに、恨まれ、嫌われて……」

「全くだ」

と、片山が肯いた。「会社のためになると信じてやったことで、会社から裏切り者扱いされる。――本来、あっちゃいけないことだよね」

「聞きましたけど、馬場広太郎って会長は倒れて入院してるんですね。そして、社長の馬場秋法は、何だか人柄が変ったとか……」

「そうなんだ。君も、さっき草間を止めようとするのを見ただろう？」

「ええ。でも――頭の傷で、そんなに性格まで変るなんてこと、あるのかしら」

「それは分らないが……。あの人は、本当に今、後悔してるようだ」

「そうなんですね。――一度、ゆっくり話したい。お母さんと一緒に」

「ニャー」

ホームズが、美咲の足下に寄って鳴いた。

「そうだ。この猫ちゃんにお礼言わなくちゃ」

と、美咲はしゃがむと、ホームズの頭をそっと撫でた。「ありがとう。おかげで助かったわ」

「ニャー」

ホームズがペロリと舌で美咲の手をなめた。

「くすぐったい」

と、美咲は笑った。

いかにも十六歳の笑いだった。

「――そうだ。刈谷京香さん、具合はどうなんでしょう?」

「うん、付き人の真弓さんに連絡してみた。しばらく入院だが、心配はないそうだ」

「良かった。――私、あの人を騙してたんです」

「それに、彼女は君を死んだ子供の生まれ変りと思ってたようだね」

「ええ、本気でそう信じてるみたいでした。十年前に、六歳で亡くなったって……」

「そうか。生きていればちょうど君ぐらいだったんだね」

「心の治療が必要かもしれないわね」

と、晴美が言った。「ところで、美咲ちゃん、今まで刈谷さんの所にいたんでしょ?

今夜、泊る所を捜さないと」

「あ、そうか。全然考えてなかった」

と、美咲は言って、「そういえば、私、お腹が空いた」

「それなら、喜んで付合ってくれるのがいるよ。――おい、石津」

と、片山は、ちょうど廊下をやって来た石津へ声をかけた。

片山の話を聞いて、

「ちょうど僕も腹が減ってたんです!」

と、石津は張り切って、「じゃ、美咲君一緒に食べに行こう!」

「はい!」

美咲は微笑んで、「こんな遅い時間に、開いてる所あるかしら」

「大丈夫。この少し先に〈24時間営業〉ってファミレスがあったよ」

石津は、美咲の肩を叩いて、「僕らにとって、〈24時間〉は強い味方!」

と、節をつけて歌うように言うと、エレベーターへと歩いて行った。

晴美が見送って、

「良かったわ。普通の十六歳になったわね」

「そうだな」

と、片山は言った。「その十六歳とぴったりくる石津の奴も幸せだな……」

「今夜は、お母さんのそばについています」

と、美咲は言った。「いいですか?」

「もちろんだよ」

死んだと思っていた母親と再会できたのだ。美咲が母親のそばを離れたくない気持もよく分った。

片山は、腕時計を見て、

「あと二時間もすれば明るくなる。僕らも、休憩所にいるから」

と言った。

「眠くなったら、休憩所のソファで横になればいいから、いらっしゃい」

と、晴美は言った。

「はい、そうします」

片山たちは廊下の隅にソファを並べた休憩所に行って、ひと息ついた。

浜中美咲だけでなく、草間も傷の手当で麻酔をかけたので、一晩入院していた。

「――でも、どうなのかしら」

と、晴美が言った。「あの〈ミッチ〉って言ってた、会長の隠し子？　阿木岐代《あぎみちよ》さんっていったかしら。あの人を殺したのは草間。そして、刈谷京香さんを刺したのも草間。それははっきりしてるわね」

「うん、それは確かだ」

と、片山が肯く。「しかし、室田と関係があった沼田晴江を殺したのは……」

「草間に、殺す理由がある？」

「そうだな。それに、Sテレビの佐川睦をひどい目にあわせたのは……。俺も痛かったけどな」

「そうよね。草間がすべてをやったわけじゃないでしょう」

「草間に自白させるにしても、その辺の見通しがはっきりと立っていないと……」

ガーッという音がして、振り向くと、石津が隣のソファで口を開けて眠っている。

「お腹が鳴らないと思ったら、今度はいびきか」

と、片山は言った。

「眠気ざましに、コーヒーでも飲む?」

と、晴美が立ち上った。

「ああ、それじゃ頼むよ」

ホームズも、眠気ざまし(?)か、晴美と一緒に、エレベーターへと向った。

一階に下りると、暗い廊下の一隅がポカッと明るくて、自動販売機が並んでいる。

「じゃ、ホットコーヒーね……」

紙コップにコーヒーを落として、二つ手に持つと、晴美は戻ろうとして、足を止めた。

誰かが、暗い待合室で、ケータイで話していたのである。

「――ええ、そうなんです。手は尽くしてくれたんですが。本当に残念です……」

中年の男性である。「ええ、家内に知らせたら、きっと泣きじゃくると思います。本当によくしていただきましたから。――はい、詳細は後ほど。私も今は何も考えられないんです。――ええ、よろしくお伝え下さい……」

誰か、親しい身内が亡くなったのだろう。

晴美は何となく出て行きにくくて、コーヒーを持ったまま立っていた。

すると、その男性、一旦切ったケータイでどこかへかけて――。

「——俺だ。——今、やっとお亡くなりになったよ。——ああ、本当さ」

と、男は笑って、「長かったな、全く！　これで、土地を売り払っても誰も文句は言わないさ。あの爺さん、危篤《きとく》って言ってから、しぶとかったな。きっと自分の財産を人にやりたくなかったんだぜ。——ああ、知らせといた。お前も、お悔やみの電話でも入れといたらどうだ？　間違っても嬉しそうな声出すなよ。嘆き悲しんでることになってるんだから。——ああ、葬式は一番安いのでいいさ。死人にゃ分りゃしないんだ。——ああ、色々やってから帰る」

男はケータイを切ると、口笛など吹きながら、行ってしまった。

「——大したもんね」

と、晴美は呟いた。

「ニャー」

と、ホームズが鳴いた。

片山の所へ戻って、コーヒーを渡しながら晴美は今の話を聞かせた。

「——そんなもんか」

と、片山はコーヒーを飲みながら言った。

「そばについてる人間にしか分らないことだからな」

「ニャーゴ」

と、ホームズが片山の方を見て鳴いた。

「何だ？　――何か言いたいのか？」

「ニャオ」

「何だ？　今、俺が言ったこと？　――そばにいる人間にしか分らない、ってことか？」

「お兄さん」

と、晴美が言った。「それって……。草間のことかしら？」

「どういうことだ？」

「草間が、どうしてあんなに頑固に、馬場広太郎会長が倒れたことを信じなかったのか……」

「信じたくなかったんだろ」

「でも、ひと目見れば分るはずでしょ。それなのに……」

「面会できなかったんだろう。家族じゃないし」

「そうね。ということは、誰かが草間に、馬場広太郎のことを話していたのか」

「そばにいる人間しか……」

片山は、晴美と顔を見合せた。

母、咲子は、静かに呼吸していた。
美咲は、その寝息をじっと聞いていると、涙がにじんで来た。
本当だ。どうして死のうなんて思ったんだろう。
お父さん、そして和哉。——ごめんね！　私が反対すれば良かったのに。
——美咲は病室を出た。
少し先に、草間の病室があって、ドアの外で、警官が椅子にかけていた。
美咲はそっと近付いて、
「——何だ」
若い警官は眠ってしまっていた。
美咲は、そっとドアを開けて中に入った。
草間は手錠でベッドにつながれているはずだ。
病室の中は薄暗かった。ベッドの方へそっと近付いてみる。
草間は、散々「痛い！」とわめいていたのだが、今は静かだ。
そう。ちゃんと罪を償ってもらわなくちゃ。お母さんだけじゃない。刈谷さんだって
……。
「——え？」
何だか変だ、と思った。

薄暗くて、よく見えないのだが、どこかおかしいという気がしたのだ。

ベッドのそばのテーブルに、小さなスタンドがある。美咲は手を伸して、スイッチを入れた。

明りに浮かび上ったのは、草間の胸が血に染っている姿だった。

美咲は息を呑んで、後ずさった。

大変だ！ 片山さんに知らせなきゃ！

ドアの方へ振り向いた美咲の目の前に、白いナイフの刃が光っていた……。


「おい！」

片山がつつくと、警官がギョッと目を覚まして、

「あ！ どうも——おはようございます！」

「何言ってるんだ！ 居眠りしてちゃだめじゃないか」

「は、どうも……。眠るつもりじゃなかったんですが」

と、ブルブルッと頭を振っている。

片山は病室の中へ入って——立ちすくんだ。

「まあ」

片山の後から入って来た晴美が目をみはった。「草間が……」

「——死んでる」

片山は草間の手首を取って言った。「畜生！　何てことだ」

廊下で見張っていた警官が愕然として、

「いつの間に……」

「居眠りしてる間に、誰かが入ったんだ」

と、片山が言った。

「あなた、何か飲むとかした？」

と、晴美が訊くと、警官は、

「あの……ちょっと年齢《とし》取った女の人が、『これ、頼まれて買って来たんですけど、本人が眠ってしまって』と言って、『よかったら、どうぞ』と、ミルクティーを……」

「薬が入ってたのよ、きっと」

と、晴美が言った。

「それは——」

「馬場照子ね」

草間が、あくまで広太郎の病気を信じようとしなかったのは、「そばにいた人間」、つまり妻の照子が「夫の病気は嘘だ」と言っていたからだろう。

そして、草間が自供するのを恐れて、殺しに来た。

「まだそう時間はたってない。急いで手配させよう」

片山が廊下へ出ると、

「刑事さん！」

と、夜勤の看護師が駆けて来た。

「どうしました？」

「今、エレベーターを一階で待ってたら、扉が開いて、あの女の子が」

「女の子？」

「撃たれたお母さんに付き添って来た子です」

「美咲ちゃんだわ」

と、晴美が言った。

「年輩の女と一緒で、女がナイフを女の子の首に当てて、『邪魔しないで！』と言って」

「何ですって？　それで？」

「私は男性の医師と一緒だったんです。それで、女は降りずに、そのままエレベーターで上へ」

「上へ？」

「ええ、どこへ行ったか分りませんけど」

「じゃ、病院の中に、まだいるかもしれない！　石津！」

片山は駆け出した。

晴美が周りを見回して、

「ホームズ、どこに行ったのかしら?」

と言った。

冷たい風が吹きつけてくる。

屋上はむろん暗かった。〈非常口〉の表示が、ほんの数メートルぐらいを照らしている。

「——どこかにいるんだ」

と、片山は言った。

二人の乗ったエレベーターは、屋上で停っていた。

屋上は、車椅子の患者が出られるように、ほとんど物の置かれていない広々とした場所だった。暗さに目が慣れてくると、ぼんやりと様子が見えてくる。

隠れるような場所はないが、換気用の機械が、隅の方に金網に囲まれて据えつけられている。

「あの辺かな」

と、片山は言って、「石津、反対の方から回って行ってみろ」

反対の方といっても、どうせ何もないので大して違わないのだが……。

「ともかく、行ってみよう」

と、片山は言った。「照子を刺激しないようにしないと……」

「美咲ちゃん、せっかくお母さんに会えたのに」

と、晴美が言った。

屋上を真中辺りまで進んだとき、

「ニャー」

と、猫の声がした。

「ホームズ！」

晴美が言った。「どこ？」

見れば、あの囲いの金網の前に、ホームズがちょこんと座っている。

「片山さん！」

と、美咲の声がした。

「いつの間にそんな猫が……」

囲いの向うから、馬場照子が美咲の喉にナイフを突きつけて、現われた。

「――奥さん」

と、片山は穏やかに言った。「草間を使って、どうしてあんなことをやらせてたんです？」

「主人のためよ」

と、照子は言った。「〈B食品〉は主人の命だった。主人が倒れたら、私が守らなきゃ」

「そんな……。人を殺してまで……」

「沼田晴江はね、主人にも、『あなたの子を妊娠した』と言って、お金を要求して来たの」

「何ですって？」

室田と馬場広太郎と両方に？

「室田にも同じ話をしてると知って、室田が殺したことにできると思ったの」

と、照子は言った。「うまくいくところだったのに」

「室田は重傷ですが、生きてますよ」

と、片山は言った。「さあ、これ以上続けたら、それこそ〈B食品〉を潰してしまいますよ」

「大丈夫よ。秋法が、まさかあんな風になるなんて思わなかったけど、〈B食品〉を担って行ってくれるでしょう。——私が、自分のしたことを背負って、死ぬから、後は大丈夫」

照子は、美咲の背中をポンと押した。

美咲が片山たちの方へ駆けて来る。晴美が美咲をしっかり受け止めた。

「私は、飛び下りるわ！　止めてもむだよ！」

照子は囲いの金網から離れて、屋上の手すりへと駆けて行こう——としたが。

「キャッ」

と、声を上げて、前のめりになって転んでしまった。

その手からナイフが飛んでしまう。

片山は駆けて行って、ナイフを拾うと、

「そう簡単に死なせませんよ」

と言って、照子を立たせた。

「どうしたの？　急に後ろから引張られて——」

振り向くと、照子のはおっていたコートの細いベルトが、金網の目につないであった。

「どうしてこんな……」

ホームズがそのそばに座って、得意げに、

「ニャオ」

と鳴いた。

「猫が？」

照子は呆気に取られていたが、やがて力なく笑った。「猫に止められたの、私……」

「あなたには、まだやることがあるってことですよ」

と、片山は言った。「さあ、行きましょう。――おい、石津、そのベルトを外して持って来い」

「はい！」

だが、なかなか金網の目から外れないのである。

仕方なく、片山はコートごと下に落として、

「後で一緒に持って来い」

と言って、照子の腕を取った。

ホームズもそれについて行って、後ろでは石津が必死で金網と格闘していた……。

エピローグ

「本当に申し訳ありません」

馬場秋法は、深々と頭を下げた。

ベッドに横たわった浜中咲子は、穏やかに、

「もう済んだことです」

と言った。「お母様も、ご主人のためと思ってのことだったのでしょうね」

「母は、父の目を通してしか、世の中を見られなかったのだと思います。何が正しいことか、何が間違っているか……」

「私の望みは、うちのような思いをする人がもう出ないでほしいということです。夫は、事実を告げるのが会社のためと思ったのに、一家心中するまで追い詰められました。――きっと、うちのような思いをしている人が、他にも大勢いるんでしょうね。会社を裏切った、と責められて、絶望している人が」

「おっしゃる通りです」

と、秋法は言った。「そういう考え方を変えるには、何十年、何百年もかかるかもしれません。ですから、告発した人を守る手立てをきちんと作るしかありません。——浜中さんと息子さんのことは手厚く供養させていただきます。そして社員一人一人に、自分たちの責任を自覚させたいと思います」

「どうぞよろしく」

と、咲子は小さく肯いた。

「——では、本日はこれで」

と、秋法は言った。「この川崎ちづる君が毎日伺いますので、何でも申しつけて下さい。美咲さんの学校のこと、住いのことなど、話し合って決めたいと思います」

「よろしくお願いいたします」

と、川崎ちづるが言った。

二人が廊下へ出ると、美咲が立っていた。そして、そこへ、

「あ、室田さんの娘さんです」

と、ちづるが言った。

室田佳子がやって来ると、

「あ……」

と、美咲を見て、「室田佳子です。ごめんなさい。父がひどいことを……」

「子供に責任ないよ」

と、美咲は首を振って、「今、十六？　じゃ、同い年だ。ね、近くにおいしい甘味のお店があるの。行かない？」

「行く！」

二人の笑顔はよく似ていた。

十六歳の二人がエレベーターへと向うのを、片山たちは廊下の休憩所で見送った。

「あの子たちが大人になったら、少しは世の中も変るかしら」

と、晴美は言った。

「どうかな。――古いものを打ち壊すのは大変だ。あの子たちも、きっと苦労するよ」

と、片山は言った。

――草間のように、「会社の命令なら、人殺しもする」という人間はそう多くないだろう。しかし、草間が、日本的な企業風土が生み出したものであるのは確かだ。

平凡なサラリーマンで一生を終える者が幸せなのかもしれない。誰でも「会社が危うくなる」と言われたら、不正に手を染めることはあり得る。

その不正が、「領収証の偽造」か「殺人」かの違いだけだ。

馬場照子の供述で、草間が沼田晴江を殺したこと、室田を刺したことがはっきりした。

広太郎会長の隠し子だった阿木岐代については、広太郎が倒れたことで、岐代が浜中美咲の味方になろうとしたのが、草間を怒らせたようだった。

一度人を殺してしまった草間には、刃物を使うのが容易だったのだ。

「――片山さん」

と、声がした。

「やあ、もう大丈夫なの？」

と、片山は訊いた。

TV局のスタジオで襲われた佐川睦だった。その図々しさで、〈B食品〉の裏側を探ろうと、広太郎や照子をつけ回したりしたので、草間が「痛い目にあわせてやった」ということだった。

草間は徐々に自分の判断で「何をしてもいい」と思うようになった。照子がそう仕向けたところもあるのだろう。

「川崎ちづるさんは〈B食品〉の社長夫人におさまりそうですってね」

と、睦が言った。

「え？　知らないよ、そんなこと」

「またとぼけて！　うちのスクープですからね！」

「おい、無茶はやめてくれよ」

「大丈夫です！　私には片山さんがついている！」

「どうして僕が?」

「そう決めたんです!」

「勝手に決めないでくれ!」

片山のケータイが鳴って、片山があわてて廊下の隅へと急ぐ。

「あら、睦さん」

と、やって来たのは〈K生命〉の須藤克代だった。

「克代さん、どうしたの?」

「片山さんにいい保険があるの。ぜひすすめようと思って」

「あら、今、片山さんはそれどころじゃないみたいよ、重大事件で」

「だからこそ保険がいるのよ!」

二人がやり合っているのを見て、戻りかけた片山はあわててエレベーターへ走って行った。

「あ、片山さん! 待って!」

と、睦が追いかける。

「片山さん! 保険!」

女二人に追われる片山を眺めて、

「珍しい光景ね、ホームズ」

と、晴美が言って、ホームズも、

「ニャン」

と、同意したのだった……。

解説

山前《やままえ》　譲《ゆずる》
（推理小説研究家）

〈三毛猫ホームズ〉シリーズの主人公は誰？　こう問われて迷う人はいないでしょう。もちろんホームズです。タイトルに必ず謳われているのですから、メインキャラクターであるのは間違いありません。登場しなかったら偽装だと抗議が殺到することでしょう。ただ、「ホームズ」と名指しされていない短編が一作あります。それは「保健室の……」

——シリーズの愛読者にとっては簡単すぎる問題でしょうか。

もっとも、人によっては、飼い主である片山義太郎《かたやまよしたろう》・晴美《はるみ》の兄妹がメインだと主張するかもしれません。たしかに、野良猫ではないホームズは、このふたりに寄りそっているからこそ、普通の猫では食することのできないようなご馳走を堪能したり、ヨーロッパまで旅をしたりができたのです。もっともそこには必ず難事件がトッピングされているのですが。あるいは晴美に恋する石津《いしづ》刑事こそ……たしかに力自慢で大食漢の彼もシリーズには欠かせません。その意見は大いに尊重したいところです。

ただ、五十作を超えた三毛猫ホームズのシリーズは、光文社古典新訳文庫では全十四巻になるというマルセル・プルースト『失われた時を求めて』（高遠弘美訳）のような、ひとつの物語が延々と語られる大長編ではありません。一作一作、舞台や登場人物の異なったミステリーが展開されています。

　ですからこれまで、それぞれの作品でストーリーの核となるキャラクターがいました。とくにヒロインとしては、義太郎と結婚するのではないかと思わせた『三毛猫ホームズの狂死曲《ラプソディー》』と『三毛猫ホームズの歌劇場《オペラハウス》』に登場するヴァイオリニストの桜井《さくらい》マリや、『三毛猫ホームズの心中海岸』で義太郎と婚約した火枝《ひえだ》みゆきなど、忘れがたいキャラクターが何人も登場しています。そしてこの『三毛猫ホームズの裁きの日』に登場する浜中《はまなか》美咲《みさき》も、とりわけ印象深い女性です。彼女の決意が胸に迫り、ヒロインとして深く心に刻まれるに違いありません。

　休日のその日、いつもの四人は人気観光地の岬にやってきました。せいぜい四、五人しか立てないその突端で、みんな記念写真を撮っています。順番待ちの列ができていてホームズ一行も並んでいたのですが、あと二組というタイミングで、石津と義太郎がトイレへ駆け込んでいくのでした。呆れた晴美は、後ろの四人家族にちょうど回ってきた順番を譲ります。

　父親が晴美にデジカメを渡して撮影を頼んできました。ただ、晴美は嫌な予感がしていたのです。案の定、カメラを構えると。四人が柵を乗り越えて！　戻ってきた石津がなんとか女の子を後ろから抱き留めますが、父親と母親、そして小学生と思しき男の子は崖の向こうに消えてしまいました。そして助けられた少女、中学生か高校生くらいの浜中美咲は、〈私は死にません！　私たち一家を死なせた人たちに仕返しするまでは。〉と書き残して姿を消してしまいます。

『三毛猫ホームズの裁きの日』は「小説宝石」に二〇一八年六月から翌二〇一九年九月まで連載され、二〇一九年十一月カッパ・ノベルスの一冊として刊行された長編です。シリーズ第五十三作ですが、とりわけ現実の具体的な出来事を反映した作品として特筆されます。すでにオリジナル著書が六百冊を超えた赤川作品のなかにあっても、それはちょっと異色と言えるでしょう。

初刊本に以下のような「著書のことば」が寄せられていました。

今回の物語のきっかけになったのは、NHKのドキュメンタリー〈事件の涙〉である。2002年の〈雪印食品〉による〈牛肉偽装事件〉。産地を偽って表示していることを告発した倉庫会社の社長一家が過酷な報復を受けた現実に愕然とした。「内部告発」を勤め先への裏切りとみなす風土は、日本に深く根を張っている。ここで、片山やホームズたちは企業のモラルだけでなく、私たち日本人にとって、「正義」とは何なのかを問いかけているのだ。

二十世紀末から二十一世紀初頭にかけて食品業界を震撼《しんかん》させたのが牛海綿状脳症《うしかいめんじょうのうしょう》（BSE）でした。BSEプリオンと呼ばれる病原体に感染した牛の脳組織がスポンジ状になり、異常行動、運動失調などを示し、さらには死ぬことも……。それが人にも感染するのではないかと疑われ、牛肉の輸入停止などの対策が取られるようになった二〇〇一年、ついに日本の牛にもBSE感染が確認されてしまったのです。

これを受けて厚生労働省は、解体処理される牛の全頭検査を開始しました。そして、消費者の不安を解消するため、それ以前に解体された国産牛の買取制度を設けたのですが、その制度を悪用する会社が出てきます。輸入牛肉を国産牛肉の箱に詰め替えて申請し、補助金を受け取ったのです。

何社かが関わったその偽装工作は大きな問題となりましたが、最初に明らかになった偽装は思わぬ展開を見せるのでした。発覚したのは詰め替えの場所となった保管業者の社長の告発によってだったのですが、内部告発したからといって許されるものではないと、その業者は七日間の営業停止処分を受けてしまいます。そして取引先の契約打ち切りが相次ぎ、休業を余儀なくされたのでした。

ドキュメンタリー〈事件の涙　「正義の告発　雪印食品牛肉偽装事件」〉はその業者の現状をレポートしたものです。また、それ以前にも、そしてその後も、映画やテレビでその経緯は何度も取り上げられています。二〇〇六年四月、公益のために内部告発を行った労働者を保護するための「公益通報者保護法」が施行されました。通報者が解雇などの不利益を被《こうむ》らないようにするためのものですが、内部告発が勇気のいる行動であることは今も変わりありません。

崖から飛び降りた一家の父親、浜中由介《ゆうすけ》は五年前、〈B食品〉の係長として大口の店舗やスーパーに、加工肉製品を納めていました。ところが原料となる牛肉や豚肉が値上がりして、経営を圧迫しはじめます。浜中の上司の室田《むろた》課長は、安価な輸入肉を使ってコストを下げることにしましたが、製品のラベルには以前のままに〈国産肉使用〉と表示していたのです。

消費者をだましているという思いに駆られた浜中は、マスコミに告発しました。勇気ある告発として賞賛されましたが、同業者の偽装がさらに発覚して、彼の告発の意義が薄れてしまいます。そして報復——浜中は子会社の〈H輸送〉の社長となりますが、脱税の疑いで逮捕され、その会社は倒産してしまいました。けれど、もはやニュースにもなりません。

ところが思いあまっての一家心中でまた注目を集めます。部長になっていた室田が矢面に立たされました。社長の馬場《ばば》秋法《あきのり》はあてになりません。そして室田のひとり娘、十六歳の佳子《よしこ》は浜中家の境遇に胸を痛めるのでした。

偽装や隠蔽《いんぺい》はなにも食品業界だけのことではありません。色々な業種で繰り返し行われてきました。なかには生死に直接的に関わる偽装もありました。東日本大震災で大きな被害を受けた福島第一原子力発電所では、いまだにさまざまな隠蔽が取りざたされています。

二〇一一年三月十一日の大地震を挟《はさ》んで綴られた赤川さんのエッセイ『三毛猫ホームズのあの日まで・その日から』の、今井正監督『武士道残酷物語』（一九六三）を取り上げた項に、〝主君の失敗の罪を引き受けて切腹する武士に始まり、ここに描かれているのは、主君の暴虐に耐え、踏みつけにされても、なお忠誠を尽くすことに喜びを覚える日本人の姿である〟と書かれていました。「正義」との葛藤が告発には伴うのです。

こうした日本社会への視線は一九九八年刊の『明日に手紙を』にもありましたが、この作品で注目したいのは、〈B食品〉の馬場秋法社長の変身です。あることが切っ掛けで「正義」に目覚めた彼の姿に、将来へのひと筋の光を目にするのではないでしょうか。

とはいうものの、『三毛猫ホームズの裁きの日』で目立つのは女性たちです。浜中家の一家心中事件がもうマスコミから忘れられた頃、〈B食品〉の管理部に勤めている沼《ぬま》田晴江《たはるえ》の死体がホテルの一室で発見されます。彼女は室田の不倫相手でした。事件の歯車がまた動きはじめます。そして、いったんは姿を消した浜中美咲は意外な形で、そして父の無念を胸に秘めて再登場します。

その美咲だけでなく、個性的な女性がここには登場しているのです。晴江の死体が発見された現場に生命保険の営業で姿を見せた須藤克代《すどうかつよ》、死体の身元を確認した〈B食品〉で受付をしている川崎《かわさき》ちづる、克代とは高校大学と一緒だったニュースワイドショーのアナウンサーの佐川睦《さがわむつみ》……。さらには人気スターの刈谷京香《かりやきょうか》と、まさに華やかな物語と言えるでしょう。

これだけ女性が登場するとさぞかし義太郎もモテるのでは……その通りです。彼のラブストーリー（?）としても特筆すべき作品かもしれません。そして、偽装や隠蔽が交錯する重苦しいストーリーで、謎解きの興味をそそっていくのはやっぱりホームズなのです。まさか猫の社会には偽装なんてないですよね?

〈初出〉
「小説宝石」二〇一八年六月号～二〇一九年九月号
二〇一九年一一月　カッパ・ノベルス刊

光文社文庫

長編推理小説
三《み》毛《け》猫《ねこ》ホームズの裁《さば》きの日《ひ》
著　者　赤《あか》　川《がわ》　次《じ》　郎《ろう》

2021年4月20日　初版1刷発行

発行者　鈴　木　広　和
印　刷　萩　原　印　刷
製　本　ナショナル製本

発行所　株式会社　光　文　社
〒112-8011　東京都文京区音羽1-16-6
電話（03）5395-8149　編　集　部
8116　書籍販売部
8125　業　務　部

ISBN978-4-334-79176-6　Printed in Japan

組版　萩原印刷

赤川次郎ファン・クラブ

三毛猫ホームズと仲間たち

入会のご案内

会員特典

★会誌「三毛猫ホームズの事件簿」（年４回発行）
会誌の内容は、会員だけが読めるショートショート（肉筆原稿を掲載）、赤川先生の近況報告、先生への質問コーナーなど盛りだくさん。

★ファンの集いを開催
毎年夏、ファンの集いを開催。賞品が当たるクイズ・コーナー、サイン会など、先生と直接お話しできる数少ない機会です。

★「赤川次郎全作品リスト」
600冊を超える著作を検索できる目録を毎年５月に更新。ファン必携のリストです。

ご入会希望の方は、必ず封書で、〒、住所、氏名を明記の上、84円切手１枚を同封し、下記までお送りください。（個人情報は、規定により本来の目的以外に使用せず大切に扱わせていただきます）

〒112-8011
東京都文京区音羽１−16−6
(株)光文社　文庫編集部内
「赤川次郎Ｆ・Ｃに入りたい」係